CW01543476

UNION GÉNÉRALE D'ÉDITIONS
8, rue Garancière-PARIS VIᵉ

La vie est dégueulasse (Trilogie Noire I), nº 1753.

Le soleil n'est pas pour nous (Trilogie Noire II), nº 1754.

Sueur aux tripes (Trilogie Noire III), nº 1755.

Brouillard au pont de Tolbiac, nº 1756.

L'Ombre du grand mur, nº 1810.

Les Rats de Montsouris, nº 1813.

Le sapin pousse dans les caves, nº 1811.

Les Eaux troubles de Javel, nº 1812.

Pas de bavards à La Muette, nº 1840.

Casse-pipe à la Nation, nº 1838.

Fièvre au Marais, nº 1839.

L'Envahissant Cadavre de la plaine Monceau, nº 1862.

DU RÉBECCA
RUE DES ROSIERS

*Les Nouveaux Mystères de Paris
(IVe arrondissement)*

PAR

LÉO MALET

Préface et bibliographie
de Francis LACASSIN

Série « Grands Détectives »
dirigée par Jean-Claude Zylberstein

Préface

LA RUE DES ROSIERS ET SES ÉPINES

Des cadavres en nombre raisonnable : quatre, s'ajoutent en cours de route à celui du 1er acte. Une dame morte, découverte là où elle ne devrait pas être avec une chaussure en moins, et, pour compenser, vêtue du trench-coat d'un homme inconnu...

Nestor Burma lui-même ne subit qu'un unique tabassage. Si modeste, qu'au lieu du cauchemar onirique habituel, il lui procure la seule sensation d'un monde bourdonnant d'araignées et de parfums. Il compensera cette parcimonie en faisant, la nuit suivante, un vrai cauchemar peuplé d'Arabes, de Juifs et de S.S. Fidèle à ses habitudes courtoises, il ne manque pas de saluer l'un des amis de Léo Malet croisé au passage. Ici, l'auteur de romans policiers André Héléna[1] résidant à l'*Hôtel de l'Ile* (Saint-Louis) un peu avant que le détective de choc ne vienne en troubler la quiétude...

---

1. Six de ses romans sont réédités dans la série « La poisse », collection 10/18.

Le commissaire Faroux, lui aussi fidèle à la tradition, se dispute un peu avec Burma et lui refait le coup du policier allergique aux faits divers. « En règle générale, il se montre très circonspect envers les macchabées que je lui procure. Ils sont trop souvent la source d'une inimaginable kyrielle de complications et d'emmerdements. »

Cadavres en nombre raisonnable, agaçant juste ce qu'il faut la tranquillité de Faroux. Tabassage libérateur de l'habituel cauchemar. Coup de chapeau et clin d'œil en direction des lieux historiques et des copains passés par là : tous les ingrédients d'un polar cousu Malet comme on les aime, et dont on croit distinguer la recette. Le lecteur aurait tort de déboucler trop tôt sa ceinture : les turbulences arrivent.

Elles s'annoncent quand Burma se fait engager, un peu à son corps défendant, par un consortium de souteneurs pour découvrir la trace d'un fabricant de casquettes dont personne ne semble avoir remarqué l'insignifiante existence.

Les turbulences se précipitent quand ces clients insolites et impatients trouvent le détective « pas régule ». C'est-à-dire : pas très prompt ni efficace. Seuls les honnêtes gens ne doutent jamais de la compétence de la police (publique ou privée)... Pour stimuler Burma, ses clients enlèvent sa fidèle secrétaire, Hélène.

Celle-ci a beau le rassurer, au téléphone : « C'est déjà arrivé à une autre Hélène », l'événement fait craquer le rempart d'indifférence gouailleuse derrière lequel « l'homme qui met le mystère K.O. » dissimule sournoisement une sensibilité de violette.

Ajoutons que l'invisible casquettier, réapparu sous forme d'un pendu refroidi, s'appelle Samuel Aaronovicz et connaissait une cachette dont le secret résista à la Gestapo. La morte déchaussée, Rachel Blum, étant tuée, elle, par un autre Juif, à l'aide d'un authentique poignard S.S. portant gravée sur la lame leur devise : « Mon honneur s'appelle fidélité. »

Il n'en faut pas plus pour passer du fait divers à l'épopée, et des colonnes de *Détective* à l'univers d'Eugène Sue.

Francis LACASSIN

DU RÉBECCA
RUE DES ROSIERS

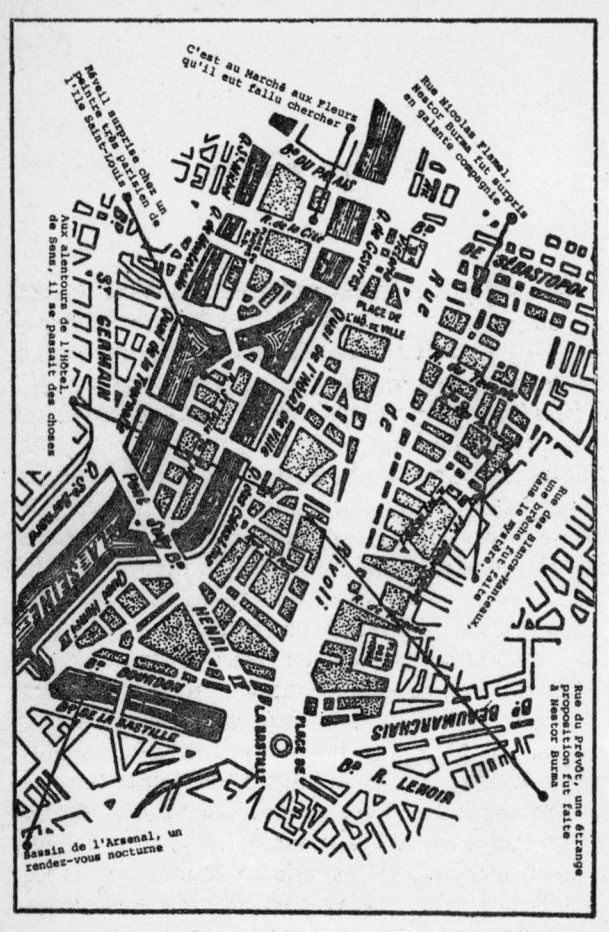

C'est au Marché aux Fleurs
qu'il eut fallu chercher

Rue Nicolas Flamel,
Nestor Burma fut surpris
en galante compagnie

Réveil surprise chez un
peintre très parisien de
l'île Saint-Louis

Aux alentours de l'Hôtel
de Sens, il se passait des choses

Une pêche fut faite
dans une pêche aux
mille Blancs-Manteaux

Rue du Prévôt, une étrange
proposition fut faite
à Nestor Burma

Bassin de l'Arsenal, un
rendez-vous nocturne

CHAPITRE PREMIER

Ce n'est pas souvent qu'on trouve Fred Baget en compagnie d'une seule bonne femme. D'habitude, il y en a toute une flopée, autour de lui. Je me demande comment il se débrouille, ce gars-là. Il faut dire qu'il est peintre. Peintre « très parisien », comme on dit. Tout ce qu'il y a de plus, et il demeure dans l'île Saint-Louis, ce qui ajoute à son appellation contrôlée. Lui et moi, on n'est pas intime-intime, amis comme cochons, mais on se connaît suffisamment pour que, de temps à autre, il m'invite à passer chez lui, boire un pot. Je ne refuse jamais. Je ne suis pas hostile à un rinçage d'œil bien conditionné – ça conserve la vue –, et chez Fred Baget, sous ce rapport, on est toujours sûr d'être servi. Je le répète, en règle générale, son atelier et l'appartement qui va avec grouillent, que c'en est un bonheur, de jolies filles à poil, soit qu'elles posent devant le maître, en un groupe gracieux qu'il fixe sur la toile, soit que, en robe du soir décolletée pile et face – en peau, selon l'expression –, elles participent à une réception comme l'artiste en donne souvent.

Mais le jour dont je parle, un après-midi brumeux de février, il n'y a, par extraordinaire, qu'une seule femme, chez Fred Baget, étendue sur un divan bas, dans une pièce reculée à destination mal définie.

Elle n'est pas nue, mais elle est morte.

Je me penche sur elle.

C'est une brunette d'environ vingt-cinq ans, pas mal du tout, au type sémite fortement accusé. Sous un trench-coat masculin un peu crado, déboutonné, elle porte un ensemble de lainage, simple mais de bon goût. Le bas de nylon qui gaine sa jambe droite, celle au bout de laquelle le pied raidi se cambre, veuf de chaussure, a filé. Le visage aquilin, cireux sous le léger maquillage, est paisible. Il y a plusieurs heures qu'elle a avalé son bulletin de naissance.

Fred Baget est là, lui aussi, et je me tourne vers lui.

Il n'a dépassé la quarantaine que depuis peu, mais son couvercle se déplume considérablement. Les tifs qui lui restent, en broussaille, lui font comme une huppe. Il est grand, svelte, assez costaud, bel homme. Élégant et désinvolte, aussi, mais en temps normal. Parce que, pour le quart d'heure... Affalé sur un siège, l'air enquiquiné au possible, la physionomie aussi livide que celle du cadavre, sauf là où apparaissent des traces de rouge à lèvres – on le dirait atteint d'une maladie de peau –, fagoté à la diable dans une robe de chambre verte sous laquelle il est en pyjama, il dodeline du chef, ce qui ne doit pas arranger le mal de cigare dont il souffre manifestement.

Comme il a oublié de faire les présentations, je demande :

– Qui est-ce?

Il me regarde avec des yeux égarés et troubles, prend tout son temps pour avaler sa salive, puis, de la voix de rogomme bien connue, de la voix des relevailles de biture, il dit :

– Une youpine, à première vue. Que le diable m'enfourche si j'en sais davantage. Et qu'il l'emporte, par la même occasion. Elle a dû venir avec quelqu'un et ce quelqu'un l'a laissée là.

– Comme modèle? Vous ne faites pourtant pas dans les natures mortes.

Il grogne :

– Bon Dieu! Je vous admire, Nes. Vous avez le courage de plaisanter.

Je hausse les épaules. Qu'est-ce qu'il veut que je fasse d'autre? En admettant que je plaisante, bien entendu. Je ne le sais pas toujours très bien moi-même. Je dis :

– Déconner remonte le moral.

Il se lève et bâille nerveusement :

– Un bon coup de gnôle le remonte encore mieux. Allons dans l'atelier. Il reste encore du liquide. Il me faut boire un verre, pour vous expliquer ça... Je veux dire : essayer de vous expliquer, parce que... que le diable m'enfourche si j'y comprends quelque chose.

Il lance un regard à la fois haineux et apeuré à la morte, que nous laissons sur son divan, à se relaxer. Nous traversons une grande pièce et, par un escalier tournant, à la rampe décorée de

15

plantes d'appartement, plantes grimpantes qui s'enroulent autour des barreaux, nous atteignons le vaste atelier.

A travers la baie, on aperçoit, à droite, Notre-Dame; à gauche, le restau aérien de *la Tour d'Argent*, avec, en premier plan, à l'extrémité du pont de la Tournelle, le monument de pierre élevé à la gloire de l'autre bergère historique, sainte Geneviève, patronne de Paris, monument de forme un tantinet phallique, on se demande bien pourquoi.

— Il y a eu une petite séance, ici, cette nuit, dit le peintre.

Sans doute par déformation professionnelle, il tient à me faire un dessin. Nul besoin qu'il m'affranchisse; j'ai des yeux pour voir.

Une pagaille des plus réussies règne dans l'atelier. Des disques sont répandus en vrac sur un canapé, à proximité d'un combiné électrophone-radio-télé. Des mégots de toutes dimensions jonchent le sol, en compagnie de verres cassés et de bouteilles vides. Le tapis central a été roulé pour qu'on puisse gambiller. Comme à la parade, des tableaux sont alignés le long du mur, posés de chant sur le plancher, et l'un d'eux a salement écopé, vraisemblablement au cours d'ébats chorégraphiques endiablés ou dans une bagarre. La bonne femme qu'il représente a reçu un coup de pompe en pleine pêche. L'atmosphère empeste la fumée de tabac refroidie, avec un arrière-relent de vinasse et d'alcool.

Ça me rappelle certaine pendaison de crémaillère, à Montparnasse, avant-guerre. Une pendaison de crémaillère dont on a longtemps parlé au *Dôme*... quand les convives sont sortis de l'hosto.

Fred Baget a extirpé d'une cachette un flacon tout neuf de scotch et deux verres intacts et propres. Il fait le service, puis, restant debout — les nerfs, sans doute —, il m'invite à m'asseoir. Je prends place sur le canapé, après avoir écarté quelques disques.

Nous buvons en silence.

Une plainte rauque monte de la Seine, poussée par un remorqueur moqueur. L'air de nous dire : « Alors, quoi! On se décide? » Entraîné par le remorqueur, le peintre démarre :

— Il y a eu une petite séance, cette nuit, ici, répète-t-il. J'en tenais une bonne. Je la tiens encore plus ou moins, d'ailleurs, parce que, après avoir découvert cette espèce de jeune conne... (Son poing libre se crispe.) Et, en vous attendant, je n'ai pu m'empêcher de me taper quelques verres. Il y en a que ça aurait dessoulé, une pareille trouvaille. Moi, ça m'a donné soif.

Il a chimé son whisky. Il s'en verse une nouvelle et copieuse rasade, reprend :

— Et je n'ai rien fait d'autre chose que de boire et me creuser la tête, depuis que j'ai téléphoné à votre bureau...

Il sèche son godet, le contemple en le faisant tourner entre ses doigts, se demandant s'il va le remplir encore, puis juge plus sage de le déposer sur le chevalet.

— Ça fait plus de trois heures, ajoute-t-il avec une nuance de reproche.

Il a téléphoné à onze heures. Hélène, ma secrétaire, a répondu que je ne serais pas là avant deux heures de l'après-midi. A deux heures pile, il a retéléphoné et, comme je n'étais toujours pas de retour, il a remis ça dix minutes plus tard, ayant, cette fois, un peu plus de chance.

— J'ai un besoin urgent de vous voir, a-t-il dit d'une drôle de voix.

Et j'ai rappliqué quai d'Orléans, pour le trouver en compagnie de la jeune juive morte.

— Boire et me creuser la tête, poursuit-il. Je ne suis parvenu ni à me ressoûler beaucoup... c'est peut-être du tord-boyaux qu'il faudrait que j'avale... ni à comprendre quoi que ce soit, sauf que j'ai chez moi un cadavre dont je me passerais volontiers. Mais, enfin, vous êtes là. Ça va peut-être aller mieux.

Il tire une cigarette façon tire-bouchon de la poche de sa robe de chambre, se la met au bec telle quelle et l'allume. Je suis son exemple et j'introduis ma bouffarde dans le décor.

— Ecoutez, Fred, dis-je ensuite. Je ne sais pas de quelle utilité je peux vous être. Moi, à votre place, j'aurais d'abord appelé un toubib ou les flics. Les deux, même. Mais puisque vous ne l'avez pas fait et que je suis là, comme vous dites, certainement parce que vous préférez raconter ce que vous avez à raconter à quelqu'un que vous connaissez, allez-y, racontez! racontez! Mais commencez par le commencement, vous-même y verrez plus clair.

Il entreprend de battre le record du kilomètre en circuit fermé, kif-kif les piqueurs de dix en centrouse, et, allant et venant à travers l'atelier, s'interrompant dans sa marche pour s'humecter la glotte, jeter par la verrière un coup d'œil sur le paysage, allumer une cigarette qu'il balance aussitôt ou rameuter ses souvenirs flottants, il me fait le récit suivant, assaisonné de borborygmes ventraux provoqués par la faim ou son état de nervosité.

— Nous étions une douzaine. Hommes et femmes. J'avais terminé une toile plus tôt que prévu, et je fêtais ça. Excusez-moi de ne pas vous avoir invité...

— De toute façon, je suis là.

— Oui. Des gens qui étaient ici, j'en connaissais la plupart. Mais, comme toujours, quelques-uns de ceux que je connaissais avaient amené deux ou trois inconnus. Il y avait de l'ambiance. On a été rapidement gaz. Moi, en tout cas, à minuit, je l'étais passablement. Je me souviens avoir regardé l'heure. Minuit. On peut dire qu'à partir de minuit, je ne sais plus ce qui s'est passé, ni ce que j'ai fait. Je crois que tout le monde est parti vers quatre heures du matin, mais je n'en suis pas sûr. Tout le monde!... Pas du tout, puisque cette youpine... Enfin... Bon... A dix heures, ce matin, je me suis réveillé dans mon lit. J'ai fainéanté un peu, puis je me suis levé. J'ai rôdaillé de droite et de gauche dans l'appartement, désœuvré, mal foutu, essayant de chasser ma gueule de bois. C'est alors que j'ai découvert le... la morte, étendue au beau milieu de la petite pièce. Bon Dieu! cinq minutes auparavant, j'étais en train de m'engueuler au sujet de ma femme de ménage, et de la considération qu'elle peut me porter et de mes préjugés à son regard. Mais devant la morte, je me suis félicité de l'absence de cette bonniche. Si ç'avait été elle qui découvre le cadavre! Vous comprenez, mon vieux, lorsque j'organise une petite réception, je dis à ma femme de ménage que je n'ai pas besoin d'elle, le lendemain. Je ne tiens pas à ce qu'elle constate dans quel état, toujours plus ou moins de désordre, est l'appartement, et qu'elle en tire je ne sais quelles conclusions. Alors, les lendemains de bringue, c'est moi qui fais un peu de rangement. J'atténue les dégâts. Je dois dire que ce n'est pas mauvais pour la santé. J'oublie mon mal aux cheveux. Très souvent, même, ça me l'a dissipé. Mais, bon Dieu! je n'ai jamais eu de cadavre à faire disparaître! Alors, je vous ai appelé.

Je me marre :

— Parce que vous vous imaginez que j'en connais un rayon, sur la manière d'escamoter les macchabées?

Il sursaute :

— Bon Dieu! je n'ai pas dit ça. Qu'est-ce que vous allez penser?

— Rien.

Il bougonne :

— Je suis déjà assez empoisonné.

— Excusez-moi. Toujours ma sale manie. Je plaisantais... Hum... voyons... Vous avez dit : au milieu de la pièce. Elle n'était donc pas où je viens de la voir? Sur le divan?

— Non, c'est moi qui l'y ai déposée. Ne me demandez pas pourquoi. Ça a été instinctif. Je l'ai ramassée et déposée sur le divan. J'ai dû estimer que c'était plus décent.

– Et c'est au cours du transbahutage qu'elle a perdu son soulier?

Il secoue la tête.

– Non. Je vous dis, on nage en plein jus de chique. Cette fille, je ne me souviens pas l'avoir vue parmi mes invités, mais elle devait y être. Avec deux chaussures, certainement. Une pour chaque pied. A l'heure actuelle, elle n'en porte qu'une et l'autre ne se trouve nulle part dans l'appartement. Du moins, je ne l'ai pas vue. Tout ce que j'ai trouvé ici, en plus de... de ce corps, c'est un manteau de fourrure et un sac à main qui lui appartenaient, sans doute. A moins qu'ils n'aient été oubliés par quelqu'un d'autre. Je vous les ferai voir tout à l'heure, si vous voulez. Ils sont en bas, dans le living-room. J'ai ouvert le sac. Ça ne m'a pas appris son nom. Il contient un peu d'argent, les babioles habituelles, mais aucune pièce d'identité. Rien, non plus, dans les poches de la fourrure.

– Qu'est-ce qu'elle goupillait avec ce trench-coat sur le dos, alors, si elle avait un manteau?

– Ça!

– Et surtout un trench-coat d'homme. Il y avait eu une séance de déguisement?

– Non. Un vrai jus de chique, je vous dis.

Il se passe la main sur le front et soupire. Après quoi, il y a un petit silence, troublé seulement par un borborygme plus violent que les précédents, un véritable gargouillis de lavabo en vidange, qui fait grimacer, de gêne, son involontaire auteur. A part ça, l'île Saint-Louis est calme comme à l'accoutumée.

Je demande :

– Qu'est-ce qui lui est arrivé, à cette fille ? Elle ne supportait pas les boissons fortes ?

Il fourrage nerveusement dans ses rares tifs et, d'une voix sourde et inquiète :

– Eh bien... c'est pour ça que je vous ai appelé...

Il marque un temps, puis :

– On l'a assassinée !

CHAPITRE II

— Ah!

— Oui. D'un coup de couteau, je crois. Je m'en suis aperçu en la soulevant pour l'installer sur le divan. J'ai senti une déchirure sous mes doigts. J'ai regardé. C'était bien ça. Une déchirure dans le dos de l'imper. Les bords sont légèrement tachés de brun.

Je me lève :

— Allons voir ça. Vous avez déjà chahuté ce cadavre. Un peu plus, un peu moins, désormais...

Nous redescendons auprès de la morte.

Je la bascule, la maintenant en position latérale pour examiner son dos.

Le trench-coat présente, à la hauteur des côtelettes, une fente horizontale de deux centimètres environ, produite par un instrument tranchant. Comme je viens de le dire, on a déjà pas mal chahuté ce corps inerte. Le déshabiller n'aggraverait pas tellement notre cas. Ça nous ferait simplement passer pour plus vicelards que nous ne sommes, Fred Baget et moi. Nul besoin de se livrer à cette opération et de se compromettre aux yeux des gens « bien » pour comprendre que la lame, après avoir perforé tous les vêtements de la victime, a pénétré profondément les chairs.

Je laisse le cadavre reprendre doucement sa position première.

Pour la seconde fois, je suis frappé de la sérénité qu'exprime le masque de la jeune juive. Elle a dû mourir sans s'en rendre compte, sans peut-être même réaliser qu'elle a été poignardée. Ce ne sont pas les exemples qui manquent de gens qui prennent pour une bourrade un peu vive, tout de suite oubliée, un coup de couteau ou de pétard.

J'embrasse la pièce du regard. Je demande :

— Avez-vous trouvé l'arme?

— Non, fait le peintre. C'est-à-dire que je ne l'ai même pas cherchée. Mais, à moins qu'on ne l'ait cachée, nous la verrions.

— Oui. Possédez-vous, ici même, quelque chose qu'on ait pu utiliser?

— Vous voulez dire pour... pour...

— Oui.

— Là-haut, dans l'atelier, je conserve deux *navajas* que j'ai ramenées d'Espagne. Elles y sont toujours et n'ont pas servi à... pour... enfin, elles n'ont pas servi, quoi! Je m'en suis immédiatement assuré... Bon Dieu! vous parlez d'une histoire! Je voudrais bien savoir ce que ça signifie.

— C'est peut-être un truc de la Ligue anti-alcoolique. Partout où des gens se poivrent, elle dépose un macchabée. C'est sans doute plus efficace que le délirium tremens, pour remettre dans le chemin de la santé-sobriété... A part ça, vous m'avez parlé d'un manteau et d'un sac, je crois.

— Ils sont à côté.

Le manteau et le sac ne m'en apprennent pas plus qu'ils n'en ont appris à mon hôte. Le sac ne contient rien d'intéressant et le manteau ne porte aucune griffe de fabricant ou de magasin.

Je reviens auprès de la morte et fouille les poches du trench-coat. Elles recèlent de la poussière de tabac, le fourneau d'une pipe cassée et une carte de visite froissée sur laquelle je lis : *Jacques Ditvrai.*

— C'est un journaliste, explique Baget. Un voisin et un ami. Il demeure quai d'Anjou. En hôtel.

— L'*Hôtel de l'Ile*, hein?

— Oui. Vous connaissez?

— J'y suis allé une fois, voir un copain. C'est un nid de types qui vivent de leur plume. Ils avaient même fondé une organisation, à une époque : les Rougets de l'Ile.

— Exact. Mais Ditvrai n'y adhérait pas. Il est un peu ours. Ça ne cadre peut-être pas avec sa profession, mais le fait est là.

— Cet imper appartiendrait donc à ce Jacques Ditvrai?

— Certainement... euh... on ne peut pas remonter boire un coup?

— Bonne idée.

De retour dans l'atelier et un verre à la main, je pose la question qui doit être posée :

— Qu'est-ce que je viens faire là-dedans, moi?

25

— Je vais vous le dire...

Il avale un peu de liquide pour s'insuffler du courage, puis :

— Voilà. Je suis proposé pour la Légion d'honneur. Je... Tout ça la fiche un peu mal, vous ne croyez pas? Je veux dire : cette morte. Ce ne sont pas les relations qui me manquent. Je connais des avocats célèbres, des hommes politiques influents, toutes sortes de personnalités qui ont le bras long, mais je veux les laisser en dehors de cela. Ils sont pourris de préjugés. Alors, j'ai pensé à vous. Je sais qu'en votre qualité de détective privé, vous connaissez des gens, à la police, et que vous saurez mieux leur parler que moi. Bref, je voudrais que... que tout se passe en douce... sans publicité excessive... enfin, vous me comprenez, n'est-ce pas?

— Oui.

— Ne croyez pas que je veuille esquiver mes responsabilités. Mais inutile de faire du bruit si on peut l'éviter, n'est-ce pas? Cette youpine est morte chez moi. Assassinée. Par qui? Je l'ignore. Je ne vais pas prétendre qu'elle est morte ailleurs. Mais ce n'est pas une raison pour provoquer un scandale. D'autre part, je n'ose pas affronter la police seul et je ne veux pas faire intervenir mes relations. Du moins, tant que je peux faire autrement. Alors, j'ai pensé à vous. Vous avez une certaine expérience de ces choses. J'ai pensé que vous ne refuseriez pas d'arrondir les angles, dans la mesure où ce serait possible.

— Oui.

La pipe au bec, j'arpente à mon tour l'atelier,

26

réfléchissant à la proposition du peintre. Tout en allant et venant, je bigle les tableaux qui s'offrent à ma vue. Ils donnent un échantillonnage assez exact et complet de la palette de l'artiste. Fred Baget ne se confine pas dans le nu. Certes, c'est son genre préféré, sa spécialité, pour ainsi dire, mais le plus clair de sa renommée provient du fait qu'il a brossé beaucoup de portraits de femmes du monde. On peut dire à son sujet – et on l'a dit – qu'il essaie de marcher sur les traces de Van Dongen. Et aussi un peu sur celles de Dignimont, son voisin « insulaire » comme lui. Il y a, parmi les toiles que j'ai sous les yeux, quelques esquisses d'une tapineuse, toujours la même, attendant la pratique sous la lumière louche d'une enseigne d'hôtel borgne. C'est une chouette moukère et on s'étonne de son éternel poireau. Dans la réalité, il doit en aller différemment.

Mais je ne suis pas là pour faire de la critique, d'art ou d'autre chose. Je cesse ma promenade. Je dis :

– Je vais tâcher de joindre le commissaire Florimond Faroux, de la P.J. On lui expliquera le topo, mais c'est tout ce que je pourrai faire. C'est lui qui décidera de la marche à suivre.

– Je n'en demande pas plus, dit Baget.

– Gy. En attendant... hum... les flics, si bien intentionnés soient-ils à votre égard, vous poseront des questions... Alors, autant vous plonger dès à présent un peu dans l'ambiance, n'est-ce pas?

Il accepte l'inévitable avec un grand geste des bras.

— Je voudrais voir vos couteaux espagnols, dis-je.

Il va les pêcher dans un tiroir et me les tend.

Ce sont des surins à cran d'arrêt, à la longue lame damasquinée, qui auraient fort bien pu occasionner la blessure à laquelle la juive a succombé. Ils ne sont pas entretenus au petit poil et ne paraissent pas avoir été utilisés récemment, même pour couper du pain.

Je les rends à leur proprio et il les range.

Une autre question me démange :

— Dites-moi, cette fille, vous l'avez appelée drôlement, il me semble.

Il écarquille des yeux étonnés :

— Je me demande comment j'aurais pu faire. J'ignore son nom.

— Vous m'avez mal compris. Je veux dire que vous l'avez qualifiée.

— Qualifiée?... Ah! oui, peut-être...

Il ricane amèrement :

— Je l'ai traitée de conne, hein? Bon Dieu! avec tous les ennuis qu'elle va me valoir, un écart de langage est excusable... Mais c'est égal. Ça vous a choqué? Je ne vous savais pas si respectueux.

Je secoue la tête :

— Ce n'est pas encore ça. Vous l'avez traitée de youpine.

Il se cabre :

— Et après? Qu'est-elle d'autre, à première vue?

— A première vue, à vue de nez, je dirais moi, que c'est une juive.

Il se mordille les lèvres et me balance un regard oblique :

– Ouais. Je vois, je vois. Vous croyez que ça fait une différence, hein?

– Ma foi, oui.. Ça fait une différence.

– Écoutez, dit-il brusquement avec une pointe d'agressivité, tout ça, c'est de l'histoire ancienne, biblique, si j'ose dire. Je ne veux pas qu'on me casse les pieds avec et je vais vous éclairer. On m'a emmerdé, à la Libération, parce que, sous l'Occupation, j'avais cotisé – cotisé seulement – à un groupement collaborationniste, donc, par définition, plus ou moins antisémite. Ça s'est tassé rapidement. On n'avait rien de grave à me reprocher. Toutefois, compte tenu de ce passé, on peut bien dire de moi que je suis antisémite – ce qui n'est pas tout à fait exact – je m'en fous. Mais, bon Dieu! qu'on n'aille pas s'imaginer, quel que soit mon degré d'antisémitisme supposé, que je le pousserais jusqu'à zigouiller une juive que je recevrais chez moi.

– En êtes-vous si sûr?

– Quoi?

Il veut aboyer, mais c'est plutôt une plainte qui passe ses lèvres.

– Comprenez-moi bien, mon vieux, dis-je, doucement. Je ne vous accuse pas de l'avoir butée. Mais j'ai l'impression que vous vous posez vous-même la question. Je dirai même que vous vous l'êtes posée tout de suite après avoir découvert le corps. Vous êtes allé vérifier si vos rallonges espagnoles étaient toujours en place et intactes. C'est normal. Vous étiez soûl perdu, cette nuit.

29

Vous ne vous souvenez plus de rien. Il est logique que vous vous demandiez si, au cours de votre ivresse, vous n'avez pas commis une irréparable connerie. Ce n'est pas ça?

— Si. Un peu, avoue-t-il, au bout d'un court mais pesant silence. Un peu. Mais, bon Dieu! il aurait fallu que je sois cinglé...

— Eh bien, ça constituerait une circonstance atténuante...

Il ne croit pas devoir me retourner le sourire que je lui envoie.

— Maintenant, je vais appeler Faroux. Où est le téléphone?

Il a à peine ouvert la bouche pour me répondre, qu'une sonnerie retentit, le faisant sursauter.

— Quand on parle du loup..., dis-je.

— Ce n'est pas le téléphone, grommelle le peintre, en fronçant les sourcils. C'est à la porte d'entrée. Qui est-ce que ça peut bien être? Je n'attends pers...

Il s'interrompt et consulte sa montre de poignet :

— Ah! si. Ce doit être cette fille...

Il désigne un des tableaux représentant le tapin en faction :

— Ça m'était complètement sorti de la tête. Un moment, voulez-vous?

Il se passe la main dans les cheveux, ne réussissant qu'à les ébouriffer davantage, rajuste sa robe de chambre et quitte l'atelier. Par l'escalier formant tuyau acoustique, je l'entends demander qui est là avant d'ouvrir. Une voix féminine lui répond. La porte est manœuvrée et hôte et visiteuse pénètrent dans la pièce en dessous. Je me hasarde sur les premières marches de l'escalier, me courbe et jette un coup d'œil entre la décoration végétale qui s'enroule autour de la rampe.

— J'avais totalement oublié que vous deviez venir aujourd'hui, dit le peintre. Excusez-moi, mais je ne suis pas en état de travailler.

— Je le vois, dit la fille, en riant.

C'est bien le turf en question, annoncé à l'intérieur. Belle fille et tout, succulente fleur de péché et de vice, avec de splendides cheveux noirs croulant en cascade sur les épaules, des lèvres pleines, un corsage plein, aussi. Elle est vêtue d'un trench-coat assez semblable à celui que porte la morte, allongée à quelques mètres d'elle, mais heureusement hors de vue. Ces vêtements, il n'en existe pas trente-six mille modèles. Ils se ressemblent tous.

— Mais je ne veux pas que vous vous soyez dérangée pour rien, continue Baget. Je vais vous dédommager. Je vous ferai signe quand j'aurais besoin de vous.

— À votre disposition, m'sieur. Pour tout ce que vous voudrez. Vous savez où me trouver, s'pas?

— Ouais. Attendez-moi.

Il disparaît. Il doit quitter la pièce.

La jeune tapineuse reste seule, bien sage, comme une petite fille en visite chez la tante Isabelle, les mains profondément enfoncées dans les poches de son imper, ce qui fait saillir ses roberts, une paire qui semble se poser un peu là.

Sans bouger, elle jette un regard circulaire. Elle secoue un peu la tête, ce qui agite ses tifs, hausse imperceptiblement les épaules, sourit d'un air entendu.

Baget se ramène, quelques billets de banque à la main :

— Voilà, dit-il en lui tendant le fric.

Elle l'étouffe :

— Merci...

Elle regarde le gars et se marre doucement :

— Bon. Eh bien... quand vous voudrez. Au revoir.

— C'est ça.

Elle volte et se dirige vers la sortie sur ses talons aiguilles et de sa démarche professionnellement lascive. Baget l'accompagne :

— Au revoir.

— Au revoir, m'sieu. Et prenez garde à la peinture.

— C'est ça, répond-il machinalement.

Il claque la porte sur elle.

Lorsqu'il me rejoint dans l'atelier, je suis en train de me préparer un godet.

— Encore une tordue, soupire-t-il. Elle n'a pas cessé de me reluquer en rigolant, et m'a dit de prendre garde à la peinture. Ça doit être drôle, mais je ne vois pas en quoi.

— Elle a pensé que vous ne vous embêtiez pas, dis-je. Elle a remarqué le manteau de fourrure et le sac, en bas, et aussi tout ce rouge à lèvres dont vous êtes barbouillé. Vous devriez ôter cette marmelade. Il va nous falloir avoir l'air sérieux, devant le commissaire.

32

Il jure. Une petite glace traîne sur un meuble. Il la prend et s'y mire. À l'aide d'un mouchoir, il entreprend d'enlever le plus gros, tout en m'indiquant l'emplacement du téléphone. Je décroche et porte le combiné à mon oreille. Je raccroche presque aussitôt.

— Eh bien? demande Baget.

— Pas de tonalité.

— Oh! excusez-moi. Ce sont les fusibles. Après vous avoir téléphoné, je les ai enlevés pour ne pas être dérangé.

Il les remet et cette fois je peux me servir de l'appareil. J'ai la chance que Florimond Faroux soit à son bureau. On se dit « Bonjour », et « Comment allez-vous? » « Pas mal, merci, et vous-même? Pour un mois de février, malgré la brume, on ne peut pas dire qu'il fasse froid », etc., puis :

— Dites-moi, Faroux, vous êtes écrasé de boulot ou vous disposez d'une demi-heure?

— Je peux disposer d'une demi-heure. D'une heure même. Pourquoi, Burma?

— J'aimerais que vous fassiez un saut, en voiture, jusqu'au quai d'Orléans, dans l'île Saint-Louis. Chez Frédéric Baget, le peintre. C'est de là que je vous appelle.

— Et qu'est-ce que je ferai, une fois là?

— Vous en déciderez vous-même. Mais moi je vous ferai voir quelque chose.

— Quoi donc?

— Les choses que j'ai l'habitude de vous faire voir. Une jolie fille.

— Vraiment?

— Oui, c'est pourquoi j'aimerais que vous vinssiez seul.

— Vinssiez?

— C'est comme ça qu'on dit. Je n'y peux rien.

— Et seul?

— Oui. En voisin. En ami. Je vous expliquerai.

— Cette jolie fille est donc si timide? Trop de monde l'effarouche?

— Timide n'est peut-être pas le mot. À la réflexion, elle n'est pas timide du tout. Vous pourrez vous mettre à poil devant elle. Ça m'étonnerait que vous la fassiez rougir.

— Ah?

— Oui.

— Vous ne voulez pas dire...

Je ricane :

— Les choses que j'ai l'habitude de vous faire voir, mon vieux.

Il jure, puis gueule que ça va, qu'il arrive, qu'on ne touche à rien.

CHAPITRE III

Les bacchantes interrogatives, et en bataille, le feutre chocolat dont on lui a fait cadeau le jour de sa première communion, Faroux rapplique plus ou moins discrètement, mais pas seul, malgré mes recommandations. Un de ses sbires l'accompagne : l'inspecteur Grégoire. C'est réglementaire. Ils vont toujours par paire. Comme un tas de trucs. Très peu de temps s'est écoulé, entre le moment où j'ai téléphoné à la Tour Pointue et celui de leur arrivée. Ils ont fait fissa. Ils ne sont pas venus à pinces. La bagnole de la Boîte qui les a amenés doit stationner devant le domicile de Baget et, outre que sa carrosserie et sa couleur sont caractéristiques, il doit y avoir, au volant, un chauffeur qui sent le poulet à un kilomètre. Ça va se remarquer, dans ce village qu'est l'île Saint-Louis. Enfin, moi, je m'en fous. Je ne suis pas d'ici. Baget n'a qu'à se débrouiller pour que des mortes inconnues ne viennent pas échouer chez lui.

— Où est le corps? demanda Faroux, façon vampire nécrophile impatient, dès que nous lui ouvrons la porte et sans prendre la peine de nous saluer.

Nous les conduisons auprès de la morte. Ils la regardent. Pour un peu, ils la flaireraient. Puis, Faroux se lisse la moustache. J'ai dans l'idée qu'il a cru vaguement qu'il s'agissait d'une blague et que maintenant qu'il s'aperçoit que ça n'en est pas une, il a encore moins envie de rigoler. En règle générale, il se montre très circonspect envers les macchabées que je lui procure. Ils sont trop souvent la source d'une inimaginable kyrielle de complications et d'emmerdements. Il se lisse donc la moustache.

— Nous allons vous les fournir.

En disant ça, je cligne de l'œil. Ce n'est pas un mauvais cheval. Il comprend tout de suite. Il trouve un boulot à confier à Grégoire, un boulot qui l'éloigne de nous. L'inspecteur parti, nous abandonnons la morte, passons dans la grande pièce à côté et j'invite Fred Baget à y aller. Il y va. Il a repris un peu de poil, depuis tout à l'heure. Il doit s'habituer à la présence du mystérieux cadavre. Il raconte les faits d'une voix plus ferme. Entre deux phrases, il glisse insidieusement quelques noms. Ceux de types connus, avocats, députés ou brasseurs d'affaires de ses copains. Apparemment, ça n'impressionne pas beaucoup Faroux. Il écoute sans rien dire. Il pousse bien un coup de gueule, lorsque le peintre avoue avoir déplacé le corps, et aussi à cause du temps qu'on a mis à le prévenir, mais rien de terrible. Juste pour faire voir qu'il est vraiment de la police. Quand Baget se tait, je prends le relais

pour expliquer au commissaire ce que nous attendons de sa compréhension et de son amabilité. Y
aller mollo, sans passe-droits, mais sans publicité
excessive; Légion d'honneur compromise, etc.
Faroux ne prononce toujours pas le moindre mot.
Il se lisse les bacchantes. Il finira par les user.
Devant ce bloc, Baget commence à perdre les
pédales. Faroux va au manteau et au sac que nous
supposons appartenir à la morte et, toujours
muet, fouille, refouille, farfouille et examine.
Là-dessus, mission accomplie, Grégoire revient.
Quel comédien! Comme à l'Ambigu, il est sorti
par un côté, il rentre par un autre. Exactement
par le petit cabinet mortuaire. Il explique qu'il a
utilisé l'escalier de service et que la clef était sur
la serrure, à l'extérieur. Kif-kif un fétichiste en
pleine action, il tient à la main une godasse
féminine :
  — Le soulier manquant, dit-il.
  — Où l'avez-vous dégoté? interroge Faroux.
  — C'est la concierge qui me l'a remis. Elle le
conservait dans sa loge. Je l'ai avisé sur un
guéridon.
  — Bon sang! la concierge! gémit Baget.
  — Eh bien, quoi, la concierge? fait Faroux.
  — Je ne pensais plus à elle. Elle va bâtir tout un
roman.
  — Ça! grommellent les deux flics, parfaitement
synchrones et avec le même air de se foutre des
dispositions de la pipelette à la fabulation.
  — C'est la concierge qui l'a trouvé? demande
Faroux.
  — Oui.

— Où ça?

— Dans l'escalier de service, ce matin. Alors, je suis remonté par cet escalier, des fois qu'il y ait autre chose à voir. Il n'y avait rien, sauf, je vous dis, la clef à l'extérieur, là-bas.

L'inspecteur indique la direction, ce qui est superflu.

— Hum...

Faroux se tourne vers Baget.

— C'est l'habitude? Les clefs sur les portes? Jamais de vérification, avant de vous coucher?

— Oh! vous savez... j'étais vraiment trop noir pour penser à des choses de ce genre.

— Mais vous laissez toujours les clefs sur les portes?

— Quand je donne une réception, c'est un peu la maison du Bon Dieu, ici.

— Cette fille s'en est aperçue.

Le peintre reste coi. Faroux prend la chaussure des mains de son subordonné et joue avec :

— Hum... qu'est-ce que vous en concluez, Grégoire?

— Eh bien... euh... c'est peut-être idiot... mais je me demande... Bref, il se pourrait que cette femme ait été tuée ailleurs et qu'on ait apporté son cadavre ici. Par l'escalier de service. Pendant le transport, la pompe s'est détachée.

— Ce n'est pas idiot. Je pensais à un truc comme ça, moi aussi.

Faroux dépose le soulier sur le premier meuble à sa portée. Fred Baget ne peut s'empêcher de pousser un profond soupir de soulagement.

– Oui, c'est ça! s'exclame-t-il. C'est ça. Ça doit être ça. Une sale blague qu'on a voulu me faire. Mais bon Dieu! je comprends de moins en moins.

– Ne vous cassez pas la tête, lui conseille Faroux. C'est nous qui sommes payés pour comprendre.

Il nous enveloppe dans le même regard complice, le peintre et moi :

– Correct, messieurs?

Sous-entendu : « Je fais tout ce que je peux pour dégager la responsabilité de M. Baget, n'est-ce pas? »

– Plus ou moins, dis-je.

– Bon sang! vous êtes difficile à contenter, Burma. Mon explication ne vous satisfait pas?

– Je ne crois pas que ce soit la bonne.

– Vous en avez une meilleure?

– Je peux toujours l'exposer, n'est-ce pas? C'est une idée qui me vient, comme ça. Vous vous souvenez peut-être de l'affaire de ce tapin de Montmartre. C'est vieux de quelques mois à peine. Cette fille, un soir, rentre à son hôtel, prend sa clef au tableau et s'enferme dans sa chambre. Le lendemain ou le surlendemain, le taulier s'inquiète de ne pas l'avoir vue ressortir et enfonce la porte. La fille est là, morte d'un coup de couteau...

– Je me souviens. Un canard a tiré : *Crime en local clos. La réalité dépasse la fiction.* Nous avons fini par établir qu'avant de rentrer chez elle, cette tapineuse s'était prise de bec avec des marlous et qu'elle avait, sans s'en apercevoir, reçu un coup de couteau qui n'avait fait son effet qu'après qu'elle s'était barricadée chez elle. Vous croyez que nous assistons à une répétition de ce truc?

— Pourquoi pas? C'est le calme qu'exprime le visage de cette morte qui me fait penser à ça. Elle ne s'est pas sentie passer. Si nous imaginions que, pour une raison ou pour une autre, disons qu'elle était un peu gaz, elle ait éprouvé le besoin de prendre l'air? Elle attrape le premier vêtement venu, en l'espèce ce trench-coat, et va faire un tour sur les quais. Là, elle est attaquée par un rôdeur. Elle rentre en vitesse et si, dans sa précipitation à grimper l'escalier, elle perd sa chaussure, elle ne s'en inquiète pas. Elle a hâte de retrouver son ou ses copains ou copines. Baget ne la connaît pas, mais elle a dû venir avec quelqu'un. Elle rentre donc de la même façon qu'elle est sortie, par l'escalier de service, et, à ce moment, le coup de couteau qu'elle a reçu fait son effet, comme vous dites.

— Oui, évidemment, acquiesce-t-il avec mollesse. On verra ce qu'en dit le toubib. Vous l'avez alerté, Grégoire?

— Oui, commissaire. Et le labo.

— Très bien.

— Bon Dieu! ça va en faire un remue-ménage, gémit Baget.

— Faut ce qui faut, dit Faroux. Et encore, j'y vais mou. Bon. En attendant, récapitulons...

On récapitule et on en vient à parler du trench-coat.

— C'est celui d'un certain Ditvrai, dis-je. Un

journaliste. Mais je ne crois pas que ça nous avance des masses.

— Comment savez-vous ça?

— Le nom du proprio?

— Oui.

— Une des poches contenait cette carte de visite.

Je la produis. Le commissaire s'en empare et lit :

— « Jacques Ditvrai »...

— Un ami de M. Baget?

— Oui, confirme celui-ci.

— Ditvrai... Comme « dit vrai »... Ce n'est pas un nom, ça!

— Pourquoi pas? Il y a bien, à la Radio, un gars bien sympathique, qui s'appelle François Billetdoux. Comme « billet doux ». Et ce n'est pas un pseudonyme.

— Mais là, je crois que c'en est un, intervient Baget. Toutefois, je n'ai jamais connu son vrai nom.

— Dit vrai ou Dit faux, c'est sans importance, tranche Faroux. Et je partage l'avis de Nestor Burma. Ça ne nous avancera peut-être pas beaucoup. D'autant qu'une carte de visite n'est pas un titre de propriété. Le trench-coat peut appartenir à quelqu'un d'autre.

— Ce doit être celui de Ditvrai.

— Quoi qu'il en soit, il ne faut rien négliger. Puisque c'est un de vos amis, monsieur Baget, vous savez sans doute où il demeure?

— Là derrière. Quai d'Anjou. *Hôtel de l'Ile.*

Faroux note l'adresse :

– Il travaille dans quel canard?

– Dans aucun et dans tous. C'est un reporter indépendant. Un franc-tireur. Un pigiste, comme on dit, je crois. Il choisit son sujet, l'étudie – des fois, il s'en va au diable, pour ça –, le traite à sa manière et essaie ensuite de placer sa copie. Il a récemment publié un reportage sur les derniers survivants des gangs de l'époque d'Al Capone. Ça a paru dans *Paris-Journal*. Et aussi en librairie. Comme la plupart de ses reportages.

A ce moment, rappliquent deux laborantins de la Tour Pointue, porteurs d'un appareil photo sur son trépied, et le toubib. Celui-ci est un gaillard plus très jeune, blanc de poil, rigolard de bouille, vêtu d'un élégant complet gris. Il serre la main au commissaire, nous gratifie, le peintre et moi, d'une salutative petite inclinaison de tête et, mû par un instinct, se dirige immédiatement et sans hésitation là où ça se tient. Il se penche sur la morte et commence à la tripoter.

Lorsqu'il se redresse, il nous balance quelques termes techniques qui glissent sur nous comme de la flotte sur le dos d'un caneton. La seule chose que je comprends, c'est que l'autopsie lui en apprendra davantage. Je l'espère, bien sincèrement.

Faroux lui fait alors part de deux théories émises : la sienne et la mienne, et sollicite son avis. Le toubib dit que le coup de couteau à effet retardé, comme la pénicilline, est du domaine du possible. L'autopsie – encore elle – pourra peut-être le fixer sur ce point, mais il ne promet rien.

— Vous faites livrer quand? s'enquiert-il ensuite.

Pas fainéant, l'esculape. Pour un peu, il proposerait qu'on la lui enveloppe. Il l'emporterait tout de suite. Comme ça. Sur le dos ou sous le bras.

— Le temps de prendre quelques photos et elle est à vous, répond Faroux.

— Parfait. Je vais de ce pas à la morgue.

Et là-dessus, bonjour tout le monde, il se débine, aussi guilleret que s'il courait à une partie de plaisir.

Les gars du labo n'ont pas grand-chose à faire. Histoire de ne pas s'être dérangés pour rien, ils prennent les clichés annoncés, relèvent quelques empreintes, puis caltent à leur tour.

Ils sont remplacés par deux croque-morts de la même famille spirituelle, qui chargent la juive sur une civière et, hop! en voiture ! Avec son manteau, son sac et son soulier vagabond de Cendrillon macabre.

Fred Baget assiste au déroulement de ce ballet avec, sur la figure, les signes les plus expressifs de l'emmerdement maison. Faroux le remarque et bougonne qu'en dépit de la meilleure volonté du monde, il existe un minimum de formalités et d'opérations au-dessous duquel il est malaisé de descendre, n'est-ce pas? Baget l'admet, mais ne se déride pas pour autant.

— Vous pouvez disposer, Grégoire, dit le commissaire. Je vous rejoindrai à la Boîte.

Une fois l'inspecteur parti :

— Monsieur Baget, jusqu'à plus ample informé,

je ne crois pas que vous ayez quoi que ce soit à redouter. Évidemment, vos voisins auront peut-être remarqué quelque chose d'anormal. Toutes nos allées et venues... Vous comprenez que nous ne pouvons pas passer inaperçus, surtout lorsqu'il faut emballer un cadavre, n'est-ce pas? Mais ça ne sortira pas de l'île, du moins je l'espère, et je ne ferai aucun communiqué à la presse. Ça vous va?

— Oh! merci, commissaire, merci mille fois! s'exclame le peintre avec un indéniable accent de sincère gratitude.

Il en pleure presque.

L'autre coupe court aux effusions :

— Bon. À présent, il nous reste à identifier cette fille. Ni vous ni Nestor Burma ne la connaissez. Il va nous falloir faire le tour de vos invités. Le type qui l'a amenée ici, lorsqu'elle tenait encore sur ses jambes, se trouve parmi eux...

Il s'arme d'un calepin et d'un crayon-bille :

— Si vous voulez bien m'en fournir la liste...

Baget commence par citer quelques noms et adresses, puis il doit lui venir la même pensée qu'à moi, car il s'interrompt et dit, en hésitant :

— Est-ce que M. Nestor Burma... euh...

— Oui?

Je complète :

— Écoutez, Faroux. Tout ça n'est pas très régulier, mais... si vous envoyez vos hommes demander aux invités de Baget s'ils connaissent cette fille, ils seront identifiés et catalogués, eux, avant qu'elle le soit, elle, et ça fera jaser, ça va créer ces remous que nous voulons éviter. Je ne peux pas me charger de ce boulot?

44

Faroux secoue la tête :

— Je peux y aller mou, mais pas au point de vous confier une enquête en mes lieu et place, mon vieux. Non, ce n'est pas possible. Tout ce que je peux me permettre, c'est ne rien dire à la presse et agir discrètement. C'est tout. Et je serai loyal avec vous, monsieur Baget...

Il agite dans sa direction un index à l'extrémité jaunie par le tabac :

— Je réserve l'avenir. Je ne suis pas seul. Il va falloir compter avec le juge d'instruction. Et si ça prend, par la suite, telle ou telle tournure...

Il ne juge pas utile d'achever sa phrase. Pour tout commentaire, le peintre fait un large geste des bras. *Mektoub!* Après quoi, il poursuit l'énumération de ses invités. Quand c'est fini, Faroux planque calepin et instrument graphique, pose quelques questions sans grand intérêt et se tire, nous laissant seuls.

— Ça se passera avec le minimum, c'est déjà beaucoup, explose Baget. Merde! je...

La sonnette de l'entrée l'interrompt. Il va ouvrir. C'est la concierge.

— Oh! mais qu'est-ce qui se passe, m'sieu Baget? Je n'ai pas bougé tant que ces messieurs étaient là, mais maintenant qu'ils sont partis...

— Ils ne vous ont rien dit?

— Simplement que ça se passait chez vous. Mais j'ai vu le... enfin, j'ai vu.

— C'est une de mes amies qui s'est trouvée mal et comme elle n'avait pas le cœur solide... Je ne pouvais tout de même pas la conserver ici jusqu'à la fin du monde. Il m'a bien fallu appeler la police.

— Bien sûr, m'sieu Baget. Mais c'est égal.

— S'ils ont froissé vos tapis, en montant et descendant l'escalier, je vous donnerai de quoi les défroisser.

— Merci d'avance, m'sieur Baget. Vous n'avez besoin de rien?

— De rien. Tout ce que je désirais, et même ce que je ne désirais pas, je l'ai eu.

Il la fout dehors, avec toutes les formes voulues, et me rejoint :

— Et voilà! grogne-t-il. Le minimum. Merde! j'étais cinglé de croire qu'on pouvait, comme ça, dire à la police : « J'ai chez moi un cadavre inconnu, venez m'en débarrasser, s'il vous plaît, et qu'on n'en parle plus. » Tu parles, qu'on ne va pas en parler. Les cuites ne me réussissent pas. Il va falloir que je fasse attention. Enfin, tant pis. Je ne doute pas que ce commissaire fasse pour le mieux, mais ça m'étonnerait que l'affaire ne s'ébruite pas et que tout Paris ne soit pas bientôt au courant...

Il jure un bon coup et hausse les épaules :

— Quoi qu'il en soit, merci de votre entremise, Nes.

— Pas de quoi.

— Et puisque vous avez commencé, j'aimerais que vous continuiez.

— Continuer quoi?

— Je n'espère plus qu'on puisse tenir ce... cet incident secret, maintenant. Alors, autant aller de l'avant. Je vais me mettre en rapport avec

Letreuil, l'avocat. C'est un ami. On ne sait jamais. À part ça... plus vite on aura trouvé qui est cette fille et surtout qui l'a tuée, mieux ça vaudra pour moi. C'est aussi votre avis, n'est-ce pas?

— Certes.

— Alors, j'ai l'intention de vous engager pour éclaircir ce mystère. La police d'un côté et vous de l'autre, ça devrait pouvoir aller vite. Vous acceptez?

— Si vous y tenez. Je ne vois pas pourquoi je refuserais de vous rendre service... et de gagner un peu d'argent.

— Vous n'aurez pas affaire à un ingrat, mon vieux.

Il tourne brusquement les talons et disparaît par une porte, pratiquée sous l'escalier, conduisant à l'atelier. Ce doit être la banque qu'il y a, derrière cette porte. Lorsqu'il la repasse, il tient quelques biftons dans une main. Et aussi deux verres dans l'autre et encore une rouille de scotch sous le bras. Apparemment, des postes de secours contre la soif sont disséminés un peu partout dans l'appartement. Il dépose sa verrerie sur un meuble et me colloque le fric. Sa petite réception mondaine de la veille finira par lui coûter cher.

— Un beau morceau, dis-je.

— Qui donc?

— Le modèle de tout à l'heure. Cette scène me la rappelle.

— Une tapineuse...

Il nous verse à boire, jure et sèche son verre en un temps record.

– Un beau morceau. J'ai eu tout le temps de l'admirer, du haut des marches.

– Oui. Pas mal. Elle me sert pour une série de toiles que j'ai entreprise.

– J'ai vu. Elle a un nom?

– Margot.

– Où la trouve-t-on, lorsqu'on a besoin d'elle?

Il ricane :

– Elle vous a tapé dans l'œil?

– Appelons ça un œil.

– Rue Quincampoix, rue Nicolas-Flamel, rue des Lombards. Dans ce coin-là. Ce sont des personnes qui circulent beaucoup.

– Oui.

– Son port d'attache, c'est un hôtel de la rue Saint-Bon.

– On peut la joindre de votre part?

– Pourquoi pas? Mais ne comptez pas qu'elle vous fasse des prix. Ou plutôt, elle vous en fera, mais majorés.

– C'est juste. Vous ne pouvez pas passer précisément pour fauché et elle doit étendre à tous vos amis et connaissances la fortune qu'elle vous suppose. Réflexion faite, je ne me présenterai pas de votre part. A propos d'argent, c'est un modèle qui doit vous revenir plus cher que les autres, les officiels, ceux au tarif syndical. Ces tapins se font de bonnes journées et si vous lui prenez plusieurs heures de son boulot...

– Évidemment, elle ne donne pas ses séances de pose. Mais c'est plus authentique et puis, disons que c'est une fantaisie d'artiste que je me passe.

En outre, ça comporte peut-être des compensations d'un autre ordre, et l'un dans l'autre, si j'ose dire, il s'y retrouve.

— Son protecteur est au courant? Si elle en a un.

— Sans doute.

— Vous le connaissez?

— Non.

Il me bigle par en dessous :

— Ce sont des questions en l'air, ou vous mijotez quelque chose?

— Je ne sais pas.

Peu après, je les laisse, lui, sa gueule de bois, ses pensées moroses et son scotch pour noyer celles-ci.

CHAPITRE IV

Avant de quitter l'immeuble, j'entre chez la concierge :

— Bonjour, madame. Je ne sais pas si vous me reconnaissez, mais j'étais tout à l'heure chez M. Baget. Je voudrais vous poser deux ou trois questions.

— Vous êtes de la police?

— Oui.

— Quelle histoire! Qu'est-ce qui s'est passé, exactement?

— Rien de grave. Quelqu'un est mort, mais ça arrive tous les jours. Et même plusieurs fois par jour. Pas aux mêmes individus, évidemment.

Ce genre de boniment l'interloque et j'en profite pour poser mes questions. J'apprends qu'elle n'a entendu aucun bruit suspect, cette nuit, soit dans la rue, soit dans le couloir, soit dans la cour intérieure. Certes, il y eu d'assez nombreuses allées et venues, comme toujours lorsque M. Baget donne une réception. Un monsieur très gentil, pour un peintre, M. Baget. Les nuits où M. Baget reçoit, elle laisse la porte cochère ouverte, car ces messieurs-dames ne s'en vont pas toujours ensemble, il y en a qui sortent et puis qui reviennent, et elle ne veut pas être dérangée à tout bout de champ. Et elle n'a jamais eu à se plaindre de la liberté qu'elle leur laisse ainsi. C'est bien la première fois que quelqu'un meurt chez M. Baget. Mais aussi, quand on est malade, qu'on n'a pas le cœur bien accroché, on ne participe pas à ce genre de réunion nocturne, n'est-ce pas?

J'approuve :

— Et les autres locataires, qu'est-ce qu'ils disent de tout ça, je veux dire de ces réceptions? Ça doit faire du bruit.

— Oh! l'appartement de M. Baget est insonorisé, qu'on appelle, et, généralement, ça se passe dans son atelier, ce qui fait qu'un étage entier fait tampon entre lui et le voisin d'en dessous.

Au sujet de la chaussure, elle me confirme que c'est elle qui l'a trouvée. Dans l'escalier de service. Elle a deviné qu'elle appartenait à une des invitées de M. Baget, mais comme elle ne voulait pas le déranger, elle avait conservé sa trouvaille par-devers elle.

— Un de vos collègues l'a emportée. Quelle histoire, hein?

Je ne la contredis pas et sors sur le quai d'Orléans.

Il est d'un calme presque insolite, dans le crépuscule qui vient, hâté par la brume montant de la Seine. Quelques voitures stationnent le long des trottoirs, mais il n'y en a aucune qui circule. C'est à se demander si celles qui sont là, immobiles, en partiront jamais et comment elles y sont venues. Même la mienne, ma Dugat 12, qui est dans le tas, me fait l'effet d'être un fantôme. Tout à l'heure, l'arrivée des flics avec tout leur saint-frusquin a dû créer un peu d'animation dans le secteur, des badauds se sont peut-être arrêtés, mais rien n'est moins sûr. Entre le pont de la Tournelle et la passerelle métallique, cette sorte de coffre verdâtre, de tartouze piège à rats, qui relie Notre-Dame à l'île Saint-Louis, on n'aperçoit pas un chat, à l'exception d'un type, un peu plus loin en amont, accoudé au parapet, qui regarde, entre deux troncs d'arbres, couler le fleuve. Il roule – le fleuve, pas le type – des flots limoneux. Il amorce sa crue annuelle et couvre d'une mince pellicule mouvante les berges en contrebas. Quatre stoïques pêcheurs à la ligne pataugent dedans, chaussés de bottes en caoutchouc, indifférents à tout ce qui n'est pas leur bouchon. Il faut qu'ils possèdent des yeux de lynx pour le distinguer encore, dans l'obscurité naissante. De ce côté-là, Fred Baget peut être rassuré. Ce ne sont pas ces citoyens qui iront raconter que les flics sont venus dans une maison du quai et qu'ils en sont repartis en emportant un macchabée. Il leur en faut davantage pour les distraire de leur pacifique occupation. Ils n'ont rien vu, rien entendu.

Je m'arrache à cette tranquillité qui finirait par m'engourdir, tranquillité rendue plus sensible par l'activité, le mouvement, le trafic que l'on devine sur l'autre rive et dont la rumeur me parvient assourdie. J'allume ma pipe et m'approche de ma bagnole. Puis, je songe que marcher un peu ne me fera pas de mal, ça me remettra les idées en place. J'abandonne la Dugat et prends la rue Le Regrattier sur mes jambes. En passant devant le numéro 5, il me revient que c'est là, en 1794, que demeurait Jean-Baptiste Coffinhal, le président du Tribunal révolutionnaire et que cette rue s'appelait alors la Femme-sans-Tête. Tout un programme. Intelligent, Coffinhal, qui enleva le morceau, en l'espèce, celle, de tête, de Lavoisier, en proférant : « La République n'a pas besoin de savants. » Ma foi, quand on voit ce que les savants nous ont amené, avec leurs inventions, on n'a plus du tout envie de le trouver si con que ça, ce ventionnel. Il est vrai qu'il ne voyait peut-être pas si loin.

Ainsi ruminant, je parviens quai Bourbon. Je tourne à droite et je le suis jusqu'à ce qu'il s'appelle quai d'Anjou, une fois passé le pont Marie. L'hôtel que je cherche est là, juste à la hauteur d'une antique vespasienne, surmontée d'une lanterne dont le lumignon pas mignon du tout perce péniblement la brume, comme le sinistre et fatal fanal d'un naufrageur. *Hôtel de l'Ile*. Les lettres d'or se détachent sur le fond noir de l'enseigne, au-dessus de la large fenêtre arrondie du hall, ornée de rideaux d'une comestible couleur crème.

J'entre et jette un coup d'œil à travers la vitre du bureau, par-dessus un écriteau marqué : « Complet. » Personne en vue. Je heurte le carreau. Ça ne fait accourir personne. Je refrappe. Toujours rien. Je saisis le bec-de-cane et pousse la porte. Ça déclenche une brève sonnerie. C'est tout. C'est complet; il n'y a plus une carrée de libre, on ne juge pas utile de se déranger. Un vrai village, cette île Saint-Louis. Tout s'y goupille à la bonne franquette, en confiance. Impatients et agités s'abstenir. Je suis au courant des us. Voici deux ans, lorsque j'ai rendu visite à mon copain André Héléna, l'auteur de romans policiers qui demeurait ici, à l'époque, j'ai poireauté un quart d'heure avant de voir arriver quelqu'un. Aujourd'hui, ça va être du kif. Le démenti vient, aussi sec. Un type s'amène, par une porte du fond.

— Excusez-moi, dit-il. J'étais occupé.

— Je vous en prie.

— Vous désirez?

Il désigne l'écriteau. Je secoue la tête :

— J'ai ce qu'il me faut. M. Jacques Ditvrai est chez lui?

Il consulte le tableau des clefs :

— Sans doute. Deuxième étage. Numéro 6.

Il n'attend pas que je me sois retiré pour déserter le burlingue et retourner à ses occupations.

C'est un hôtel confortable, très propre, avec un escalier recouvert d'un tapis rouge en excellent état, retenu à chaque marbre par une barre de cuivre soigneusement astiquée. Ça sent l'encaustique et aussi un peu le parfum. Ces messieurs les journalistes donnent dans les filles carvenisées, à moins que les femmes de chambre ne se rangent dans cette catégorie. C'est un hôtel confortable, mais la perfection n'est pas de ce monde. Il fait plutôt sombre, dans le couloir du second étage, et il me faut craquer une allumette pour lire les numéros. Le 6 est à l'extrémité du couloir. Je toque le panneau et on m'ouvre tout de suite.

– Monsieur Jacques Ditvrai?

– Oui.

Le ton peut passer pour excédé ou surpris, en tendant bien l'oreille... ou en se faisant des idées.

– Mon nom est Nestor Burma. Puis-je entrer?

– Nestor Burma...

Il se caresse le menton. Les poils crissent, réclamant l'intervention d'un rasoir.

– Le détective?

– Oui. Connaissez?

– Entendu parler de vous. Entrez.

J'entre.

L'endroit, mieux éclairé, par des appliques savamment disposées, qu'aucune des chambres d'hôtel que j'ai connues, est moins impersonnel que le gars qui l'occupe. Il y a un fauteuil qui ne fait pas partie de l'ameublement standard, des rayonnages garnis de bouquins et, sur des étagères, un tas de bibelots, rapportés de voyages à l'étranger. Dans un angle, au pied d'une penderie, j'avise une valise en ordre de marche, prête à être empoignée dans la minute, constellée d'étiquettes multicolores et internationales.

Un classeur métallique occupe l'autre angle. Une cigarette achève de se consumer dans le cendrier qui voisine, sur la table, avec une machine à écrire portative, une bouteille d'eau minérale, un tube d'aspirine et diverses paperasses. C'est un fumeur éclectique. Une bouffarde en écume traîne sur un paquet de gauloises et un autre de perlot.

— S'il vous plaît, m'invite le gars en me désignant le fauteuil.

Lui, il prend place sur le divan en désordre encombré de journaux et de magazines, et se renverse en arrière, dans une attitude qui lui est vraisemblablement familière.

Je l'examine.

C'est un homme de taille moyenne, de corpulence moyenne. Un vrai passeport. Il en a certainement dans le crâne, comme on dit, mais ça n'apparaît pas sur sa figure. Il est désespérément neutre, effacé, sans rien de saillant. Sauf l'œil, vif et mobile. Il ferait un bon flic. Il doit savoir comme pas un s'amalgamer à la foule, se fondre dans la grisaille, passer inaperçu. Toutes qualités également utiles à l'exercice de son métier de journaliste. On ne se méfie pas d'un individu si quelconque. On parle sans retenue, devant lui. Question d'âge, c'est également flou. Trente ans? Quarante? Davantage? On ne saurait préciser.

Il porte la partie inférieure d'un complet prince-de-galles en beau tissu. La température qui règne dans la chambre justifie l'abandon du veston et de la cravate. Le type est costaud. Des muscles souples jouent sous sa chemise de nylon gris. Sa pomme d'Adam proéminente pointe par l'entrebâillement du col. C'est le seul signe particulier notable.

Il demande :

— Qu'est-ce qui me vaut l'honneur de votre visite ?

— Nous avons un ami commun : Fred Baget. Je viens de chez lui.

— Il y est ?

— Oui.

— Il doit tenir une bonne cuite, hein ?

— Ça va un peu mieux, à présent.

— J'ai essayé de lui téléphoner, au début de l'après-midi. Ça sonnait, ça sonnait, mais il n'a pas décroché. Alors, je me suis recouché et j'ai fait comme lui : j'ai roupillé. Parce qu'il devait bougrement roupiller, pour ne pas entendre la sonnette.

— Il avait débranché pour ne pas être dérangé.

Il hoche la tête, compréhensif :

— Ah ! oui, bien sûr.

— Vous lui téléphoniez au sujet de votre trench-coat ?

— Exactement. Ce n'est pas que j'y tienne beaucoup, j'ai de quoi le remplacer, dans ma garde-robe, mais je l'ai égaré, cette nuit, peut-être chez Baget, peut-être chez quelqu'un d'autre, et j'aime bien savoir parce...

Il sursaute et frappe de son poing droit dans sa paume gauche :

— Mais, bon Dieu ! comment sav...

Il s'interrompt et se met à rire :

— C'est vrai. Vous êtes détective...

Il hausse les épaules et fronce les sourcils :

— Bon. Tout ça ne me dit pas dans quel but vous venez me voir. C'est Baget qui vous envoie?

Il se trémousse, pour creuser le divan et caler confortablement ses reins. Dans le mouvement, les journaux qui l'entourent se déplacent. J'aperçois, dépassant de sous un *France-Soir*, quelque chose qui n'est pas le profil très parisien de Carmen Tessier, encore que ce soit destiné à faire du bruit. C'est en acier bleuté et ça ressemble furieusement à un pétard. Brusquement, Ditvrai me paraît louche. Je trouve à son allure quelque chose d'emprunté, de faux. Je constate qu'il a suivi mon regard, qu'involontairement j'ai chargé d'intérêt. Alors, il allonge le bras et sa main se referme sur le pistolet, un automatique trapu des moins sociables.

— C'est..., commence-t-il.

Il en bave des ronds de chapeau. Aussi sec, j'ai sorti mon feu, moi aussi, pour adoucir la solitude du sien, et, bien carré dans le fauteuil, je le braque dans sa direction.

— Hé là! proteste-t-il. Qu'est-ce qui vous prend? Vous êtes cinglé?

Il a l'air sincèrement offusqué. Autant pour moi. Mais n'empêche. Ma suspicion ne s'éteint pas totalement.

— Excusez-moi, dis-je, mais j'exerce un métier dangereux. J'ai des réflexes aussi automatiques que votre truc.

– Moi non plus, je ne pratique pas un métier de tout repos. Il n'y a pas si longtemps, je me propageais autour de types réputés pour avoir le revolver vif. C'est le cadeau de l'un d'eux. J'étais en train de le nettoyer, quand vous avez frappé. Bon Dieu! qu'est-ce que vous alliez penser?...

Il sourit. Nous avons l'air fin, tous les deux.

– Et maintenant, qu'est-ce qu'on fait? On se tire dessus?

– Ce serait un peu couillon, vous ne trouvez pas?

– Plutôt.

– Alors, planquons notre arsenal.

Je prêche d'exemple et je remets mon convaincant à l'abri. Ditvrai se lève en silence et va ranger le sien dans un tiroir. Je demande, parlant de l'arme :

– Les flics l'ont vue?

Il ne répond pas. Il attrape la bouteille d'eau minérale, boit au goulot, ramasse sa pipe, la bourre et l'allume. Toujours en silence. Sans se presser. L'air de réfléchir.

– Les flics? fait-il ensuite, du fond de son divan.

– Ils ne sont pas venus?

– Ici?

– Oui.

– Pourquoi viendraient-ils?

– J'avais dans l'idée que vous aviez reçu une ou plusieurs visites, avant la mienne.

Il hésite, puis :

– Il y a erreur. Ça fait deux que vous com-

mettez, en très peu de temps. Pour un détective
réputé habile... Vous avez d'abord cru que je
voulais vous canarder et, maintenant, vos suppositions sur des visites... et les flics... Vous ne
pourriez pas vous expliquer plus clairement?

— S'ils ne sont pas venus, ils viendront. Vous
êtes sur leur liste.

— Quelle liste?

— Celle que leur a fournie Baget. Ils vont
faire le tour des invités à la réception de cette
nuit. Il s'est passé des choses, cette nuit, là-bas.
Et, à propos de trench-coat, heureusement que
vous n'y tenez pas beaucoup, car je crois que
vous pouvez en faire votre deuil.

— Pourquoi?

— Pour un tas de raisons. Baget, ce matin,
quand il s'est réveillé, l'a trouvé dans un coin de
son appartement. Avec quelqu'un dedans. Une
fille qu'il ne connaît pas, dont on ignore l'identité, qu'il ne se souvient pas avoir jamais vue,
because la cuite qu'il tenait; une fille qui n'était
pas personnellement invitée à la réception, mais
qui a dû y venir, amenée par un invité. Une
assez jolie juive...

Je la décris du mieux possible, vêtements et
tout. La physionomie impersonnelle de Ditvrai
se transforme peu à peu. J'ajoute :

— Et morte, autant qu'il est permis de l'être.

Il bondit :

— Morte?

— Poignardée.

— Po... Rachel?

— Vous la connaissez?

– Bon Dieu! oui. Elle était avec moi... voyons... voyons... c'est une blague!

– Allez dire ça à Baget. Et à la Légion d'honneur qu'il guigne. Ce n'est pas une référence, auprès de la Chancellerie, un macchabée chez soi. Un macchabée assassiné.

– Mais, bon Dieu! comment ça s'est-il passé?

– On ne le sait pas au juste. Mais vous allez peut-être pouvoir me fournir des indications.

Il ricane :

– Ah! oui, hein? C'est ça! Vous me soupçonnez!

– Non.

– N'empêche que c'est moi que vous êtes venu trouver.

– À cause du trench-coat et parce que vous étiez le premier sur mon chemin. Et à tout hasard. J'ai eu du pot, voilà tout.

– Et à quel titre, tout ça?

– Je travaille pour Baget. Il aimerait que cette histoire – qu'on va entourer de la plus grande discrétion – que cette histoire fâcheuse – il l'estime encore plus fâcheuse pour lui que pour la morte – s'éclaircisse rapidement. Il m'a chargé de ses intérêts. Les flics d'un côté et moi de l'autre, ça ira plus vite. Ce sont ses propres paroles.

– Ouais...

Il avance la main, paume en l'air, et agite les doigts réunis comme pour attirer quelque chose à lui :

– Vous avez des papiers? Vous me dites : « Je suis Nestor Burma. » Qui me le prouve?

Il a repris son sang-froid. J'ai l'impression qu'il réfléchit à toute allure. Je lui tends mes papiers. Il les consulte et me les restitue :

— Allez-y, soupire-t-il. Posez des questions.

— Ça ferait vraiment trop flic pour notre goût à nous deux. Dites-moi simplement ce que vous savez sur cette fille. Rachel, je crois, hein?

— Oui. Rachel Blum. Je l'ai rencontrée, il y a quelques semaines, dans un cinéma...

Il parle lentement :

— On a lié conversation. Elle demeure... hum... demeurait rue des Rosiers. Nous sommes sortis plusieurs fois ensemble. Hier, je l'ai amenée chez Baget. Ma foi, je crois que c'est tout.

— Vous l'amenez chez Baget et puis, vous vous débinez sans plus vous soucier d'elle?

— Oui. D'abord, j'étais noir. Nous étions tous noirs, d'ailleurs. Ce qui n'empêchait pas certains d'avoir encore soif. Lorsque ç'a été terminé, chez Baget, j'ai été entraîné par des gars qui avaient encore envie de boire. Je les ai suivis... je ne peux pas vous dire où, j'étais trop paf pour m'en souvenir, mais je peux vous dire qui.

— Vous me prenez vraiment pour un flic, hein? Continuez.

— Je les ai suivis sans me soucier de mon trench-coat ni de Rachel... Voyons... Oui, je crois les avoir cherchés... mais comme ça, en vitesse... les autres étaient pressés... comme ça n'était pas dans mon champ visuel, j'ai laissé tomber.

— Je comprends pour l'imper. Mais la fille?

— Oh! Rachel? Je ne sais pas... Merde! vous ne vous êtes jamais poivré?

— Si.

— Alors, vous savez bien comment ça se passe! J'ai dû m'imaginer qu'elle était partie... et puis, je crois que je m'étais aperçu qu'il y avait maldonne, que je faisais fausse route.

— Fausse route?

— Eh bien, quoi! oui! qu'est-ce que vous croyez que je voulais en faire, de Rachel? De la confiture? (Il hausse les épaules.) Seulement, ces juives, elles vous ont de ces préjugés de race... pardon! Pas toutes, remarquez. Mais la plupart. Rachel était de celles-là. Moi, je ne suis pas raciste. Je me suis envoyé des négresses, des Chinoises, des Javanaises, etc. Non, pas raciste pour un rond. Je croyais que ça aurait dû lui plaire, à une juive, que je ne sois pas raciste. Tu parles!... Enfin!... Et alors, comme ça, elle portait mon trench-coat?

— Oui.

— Qu'est-ce qu'elle foutait, avec?

— On n'en sais rien.

— Elle devait être noire, elle aussi.

— Sans doute. Peut-être y a-t-il eu méprise?

— Méprise?

— Oui.

— Vous voulez dire qu'on l'a prise pour moi... à cause du trench-coat?

— Mon vieux, je n'en sais rien. Est-ce possible?

— Il faudrait d'abord que je me connaisse des ennemis suffisamment coriaces. Ce n'est pas le cas. Deuxièmement, je sais bien que, de nos jours, une femme peut passer pour un homme, avec cette mode grotesque du falzar, mais Rachel portait une jupe...

— Et des cheveux longs.

— Donc, pas de méprise possible. Et puis, qui donc aurait pu prendre quelqu'un d'autre pour moi, chez Baget?

— C'est qu'on n'est pas certain que le meurtre ait eu lieu chez Baget. Rachel a été trouvée morte chez lui, mais elle a pu être assassinée ailleurs.

Il écarquille les yeux :

— Quelle histoire!

— Vous n'êtes pas le premier à le dire. Bon. L'important était d'identifier le corps. Voilà qui est plus ou moins fait, car je ne suis chargé d'aucune mission officielle, bien entendu. Je vais refiler ces tuyaux aux flics — j'y suis obligé —, mais ça ne vous évitera pas leur visite. Ils voudront confirmation, vous mettre en présence du cadavre, etc. Enfin, vous connaissez le scénario. Vous pourriez peut-être entrer directement en rapport avec le commissaire Faroux. Ça serait aussi bien, sinon mieux.

— Oui, oui, fait-il, en hochant la tête.

— Elle demeurait à quel numéro de la rue des Rosiers?

— Je ne sais pas. Vers le milieu. Presque en face de la rue des Écouffes. Il y a un marchand de disques, au rez-de-chaussée.

— De tous les hôtes de Baget, vous étiez le seul à connaître cette fille?

— Oui.

Je me lève :

— Merci. Ce sera tout. Enchanté d'avoir fait votre connaissance, monsieur Ditvrai. Au fait, c'est un pseudo?

— Oui. Au revoir, monsieur Burma.

Il ne paraît pas disposé à me révéler son vrai nom. Ça ne fait rien. Je n'en serais pas plus gras. Et si un jour j'en ai besoin, ça ne sera certainement pas difficile à obtenir.

— Au revoir.

Nous nous serrons la main et je m'en vais.

CHAPITRE V

Dehors, il fait complètement nuit, maintenant. La brume n'a pas augmenté de densité, mais le froid vient, et il fait moins bon que chez Ditvrai, moins bon qu'un peu plus tôt dans la journée, et la proximité du fleuve n'arrange rien, rayon humidité pénétrante.

Il existe de plus luxueux postes d'observation que la vespasienne érigée en face de l'hôtel, là où débouche un escalier conduisant à la Seine, mais je n'ai pas le choix. Je m'y planque, quitte à passer pour celle que je ne suis pas, si mon séjour se prolonge et si quelqu'un le remarque.

Drôle de corps, ce Ditvrai. Ou il est totalement abruti ou c'est un fortiche. Pour savoir ce qu'il pense, c'est midi. Impossible de distinguer si ce qu'on lui raconte le surprend ou non; s'il en sait plus long qu'il ne dit ou moins, ou s'il fait semblant, prêchant, sans prêcher, le faux pour apprendre le vrai, laisser venir à lui les petits tuyaux. Un type aussi droit qu'un serpentin de chauffe-bain. Autre hypothèse : c'est moi qui suis abruti, et me laisse entraîner par la folle du logis.

Mais je ne crois pas. L'instinct. Le nez. Le nez, c'est le mot, qui me pousse à poireauter dans une pissotière.

D'où je suis, les yeux à hauteur de petits trous carrés des plus décoratifs, pratiqués dans la tôle à des fins d'aération, j'ai vue sur toute la façade de l'hôtel. Je cherche la fenêtre de la chambre de Ditvrai et la situe. Les rideaux imparfaitement tirés laissent filtrer la lumière.

Qu'est-ce que j'attends? Que le journaliste sorte, parbleu! pour lui filer le train. Il peut sortir. Pour aller chez les flics ou ailleurs. Il peut aussi leur téléphoner. Ou ne pas téléphoner et se coucher. C'est fou ce qu'il peut faire ou ne pas faire.

Les minutes s'écoulent. Comme la Seine, au-dessous de moi, et aussi silencieusement, l'eau ne clapote pas. Elle coule inlassablement et sans bruit, en dépit de sa crue. De temps à autre, un remous se produit et une barque tire sur sa chaîne d'amarre qui grince. Des autos passent sur le pont Marie. Un type entre dans l'hôtel. Un autre en sort. Ce n'est pas Ditvrai. Chez lui, il y a toujours de la lumière. Un second type pénètre dans l'hôtel. Je me trouve de plus en plus bonne mine. Si je reste encore longtemps dans cet alvéole, comme une laborieuse abeille sécrétant un drôle de miel, je suis bon pour la désinfection. C'est une planque dépourvue de panache dont je ne ferai pas mention dans mes souvenirs, si jamais je les écris.

Le temps continue à fuir.

Et soudain, plus de lumière chez Ditvrai.

Obscurité totale. De deux choses l'une, comme dit le chansonnier Pierre Destailles : ou il va sortir ou il s'est pajé.

Il sort.

Pas seul. Quelqu'un l'accompagne. Un individu du sexe masculin, portant pardingue court, au col relevé, et feutre mou. On dirait que c'est le gars que j'ai vu entrer dans l'hôtel, tout à l'heure. Enfin, si j'en juge d'après son pardingue. Mais ces pardingues, il y en a des tas en circulation. Ditvrai en porte également un.

Sur le seuil de l'hôtel, ils croisent une jeune femme et le journaliste la salue, en soulevant son chapeau, et c'est ce qui me permet de l'identifier sûrement. Quant à son compagnon, pour distinguer sa frime, à celui-là, polop! Il conserve son galure vissé sur le crâne, soit que sa religion lui en fasse obligation, soit que, plus vraisemblablement, il ignore les règles élémentaires de la politesse.

Les deux hommes descendent le quai d'Anjou. J'abandonne ma cachette avec soulagement et leur emboîte le pas. Ils n'ont pas l'air de tenir une conversation très animée. Ditvrai stoppe bientôt auprès d'une Dauphine en rade devant l'hôtel de Lauzun, et tous deux y grimpent. Et voilà! Voilà pourquoi je me suis gelé les pinceaux dans un liquide suspect. Pour des haricots de digestion difficile.

L'auto démarre en direction du pont Sully. Machinalement, je note le numéro minéralogique, plus ou moins lisible sous la lumière édilitaire. 2175 ou 2173 BB 75. Pour ce que ça peut m'être utile!... Non, ce n'est pas une planque dont je parlerai dans mes souvenirs. Parce que je m'en souviendrai, justement!

Je reviens sur mes pas, enfile la rue des Deux-Ponts et m'arrête au premier bistrot venu dans l'intention de téléphoner à Faroux ce que je sais sur la morte. J'en suis pour mes frais de jeton, car le commissaire n'est pas à la Boîte. Du quès pour l'inspecteur Grégoire. Ils doivent être en train de visiter les invités de Baget. Je ne juge pas nécessaire de faire profiter de mes informations quelque autre flic de l'équipe, je laisse tomber et retourne récupérer, quai d'Orléans, ma bagnole. Il est huit heures moins dix. J'espère qu'Oeters, le libraire, sera encore ouvert. Je sors de l'île Saint-Louis et file vers le Sébasto.

Une idée m'est venue à propos de Jacques Ditvrai. Baget a dit qu'il réunissait ses articles en volumes. J'ai envie d'en lire un. Ça m'éclairera peut-être sur la véritable personnalité du zigue. Très souvent, dans ses écrits, un auteur se livre, involontairement. Ce n'est peut-être pas pour rien que le substantif « livre » et le verbe « livrer » ou « se livrer », sonnent identiquement aux oreilles. Chez Oeters, le libraire du Sébasto en question, on trouve toujours à peu près tout ce que l'on désire, en fait de papier imprimé. Ça m'étonnerait qu'il ne détienne pas un Ditvrai, et autant donner sa pratique aux amis. Et puis, j'ai à faire dans son coin.

Oeters ne va pas tarder à boucler – il a déjà

rentré l'éventaire –, mais il est encore en fonction.
Lorsque je m'annonce, il en termine avec une
cliente blonde du genre que j'aime bien. Talons
aiguilles, jupe entravée moulant les fesses et le
toutime.

– Tiens! fait-il. Nestor Burma! Vous enquêtez
par ici?

– Je me balade.

Il rend la monnaie à la blonde et celle-ci, son
emplette sous le bras, prend congé en nous
souriant gentiment.

Oeters me serre la main, choisit une pipe parmi
la douzaine qui orne son bureau – de belles
bouffardes de toutes formes et de tous gabarits –,
la bourre, l'allume et sourit, lui aussi :

– Vous vous promenez vraiment?

– C'est-à-dire que je cherche un bouquin d'un
nommé Jacques Ditvrai et j'ai pensé à vous.

– Jacques Ditvrai?...

Il exhale un odorant nuage de fumée.

Je précise :

– Un journaliste qui publie en librairie certains
de ses reportages.

– Je dois avoir ça.

Il saisit l'échelle qui lui sert à explorer les
rayons supérieurs, la place à un endroit déterminé
et l'escalade. Cependant qu'il inspecte les rangées
de livres, il me dit :

– Vous qui êtes à moitié du bâtiment, vous
avez des tuyaux sur ce qui se passe?

– Où ça?

– Dans le secteur. Rue des Lombards. Rue
Quincampoix...

D'un geste large, il englobe le quadrilatère.

– Non...

J'abandonne le catalogue que je suis en train de feuilleter :

– Il se passe quelque chose?

– Plus ou moins. Vous savez comment c'est, n'est-ce pas? Ça se sent. Il me semble que des policiers en civil vont et viennent d'une façon inhabituelle.

– Depuis quand?

– Quelques jours.

– Ils doivent faire une crise de vertu et vouloir emmerder les tapins.

– Peut-être. A moins que ce ne soit lié aux récents attentats commis contre les gardiens de la paix. On a raflé pas mal de Nord-Africains aux Halles, récemment... Ah! voilà l'objet... Jacques Ditvrai... *Les fantômes d'Al Capone*...

Il descend de son perchoir, je prends le bouquin, le paie, nous bavardons, encore un petit peu, de choses et d'autres, et je m'en vais.

Je me sens faim. C'est, d'ailleurs, plus que repas passé. Pour la deuxième fois de la journée, je me dis que marcher me fera du bien, me stimulera l'intellect. Je laisse donc ma bagnole là où je l'ai parquée, rue de La Reynie, et je passe pedibus de l'autre côté de l'eau.

Par le pont au Change, le boul' du Palais, le pont Saint-Michel et le quai du même nom. J'arrive rue Saint-Julien-le-Pauvre, *Aux Cris-de-Paris*, dans un restaurant que m'a fait connaître, il y a peu, Francine D..., une des plus jolies femmes de la capitale.

71

On mange, là, dans un décor représentant des rues et des toits de Paris. Décor brossé par Georges Silly, le patron. En plus, à l'entrée, se dressent un authentique bec de gaz et un non moins authentique arbre qui pousse à l'intérieur. Ce n'est pas pour pendre les clients. On est aux petits soins pour eux. Au pied du réverbère, une bascule, du genre de celles qu'on trouve chez les pharmaciens, leur est réservée. Ils s'y pèsent, avant de passer à table et en en sortant.

Je tiens de la même Francine qu'on y rencontre parfois Brigitte Bardot, dans cet endroit. Pour le moment, la Bardot, je m'en tape, si j'ose dire, mais si elle est là, elle constituera l'habituel pôle d'attraction, il n'y en aura que pour elle et, ainsi, je serai tranquille, dans mon coin. La B.B. n'est pas là, mais je suis tout de même tranquille, et je peux, tout en cassant la croûte, parcourir, sans être dérangé, le livre de Ditvrai, *Les fantômes d'Al Capone*. Ainsi que l'indique le titre, il s'agit du reportage, dont nous a parlé Baget, sur les derniers survivants de l'épopée alcaponienne. Le journaliste est allé les dénicher un peu partout dans le monde, ces ex-héros de la pègre. A Chicago, à Londres, en Italie, etc. A moins qu'il n'ait pas bougé de l'île Saint-Louis. Ou si peu. Juste pour se rendre à la Bibliothèque nationale, par exemple. Il ne serait pas le premier de l'honorable corporation à procéder ainsi. La valoche aperçue chez lui ne prouve rien.

A part ça, c'est écrit dans le style habituel, macaronique et vasouillard. La phrase démarre, s'entortille, revient sur elle-même, perd ses adjectifs, parle d'autre chose, virevolte, repêche ici un verbe, là un sujet, deux ou trois compléments surnagent, se démerdant comme ils peuvent, les virgules circulent et, au bout du compte, la fin contredit le début, mais qu'est-ce que ça peut fiche? Des profs de philo ont, depuis longtemps, donné l'exemple. Bref, Ditvrai a des chances de décrocher le Goncourt, s'il s'attelle à un roman et qu'il le torche du même stylo-bille. C'est, pour le moment, la plus claire conclusion que je tire de ma lecture. Je me demande si ça vaut le prix que je l'ai payée.

Les mains aux poches et la pipe au bec, je m'aventure dans la sombre rue des Lombards, comme un grand. De nuit comme de jour, elle grouille d'une étrange humanité, circonspecte et furtive, à la fois morne et agitée, vague et précise. Mais, la nuit, ce caractère est assurément plus sensible. Dans la journée, des voitures la sillonnent, de braves mères de famille s'y égarent, pour se rendre au Bazar de l'Hôtel-de-Ville ou en revenir, accompagnées de leur progéniture. La nuit, c'est le domaine incontesté du turf et de tout ce qui s'ensuit. Cependant que certaines filles repassent le ruban, d'autres restent immobiles à l'entrée des hôtels ou dans des encoignures sombres. Il y en a pour tous les goûts, sinon toutes les bourses. Des assez jeunes et des plus âgées. Usagées. Comme partout où ça tapine. Enveloppées dans un imper, un manteau ou un simple pull-over. Et toutes avec des nichons et des fesses comac. Les premiers en surplomb agressif, les secondes illustrent la théorie de la mécanique ondulatoire. Un couloir à demi enténébré vomit un client qui s'éloigne très vite, rasant les murs, comme honteux, la tête baissée. La nuit l'absorbe. D'autres amateurs d'accouplements brefs traînent leurs guêtres, faisant leur choix au passage, ou emmagasinant des images dans leur ciboulot, un peu de rêve éveillé, pour, plus tard, alimenter leur cinéma personnel. De l'angle de la Quincampoix à celui de la Saint-Martin, en passant par la Nicolas-Flamel, dans la perspective de laquelle se dresse, de l'autre côté de la rue de Rivoli, l'ombre immense, se découpant sur le ciel, de la tour Saint-Jacques, prostituées et éventuels consommateurs, simples curieux, flâneurs équivoques, déambulent, se croisent sur les trottoirs étroits et la chaussée guère plus large, dans un silence presque total, presque grave, seulement troublé de temps à autre par la plainte d'un ivrogne, ou les éclats de voix de jeunes gens qui n'ont rien trouvé de mieux que parler haut pour se donner une contenance. Exubérance qui fait long feu, s'éteint dans un chuchotis de marchandage. Les bistrots projettent des flaques de lumière jusqu'au milieu du pavé. Là, au comptoir, s'échangent des propos à voix basse, qui finissent par former une rumeur. Mais dehors c'est le silence. Les silences. Silence des hommes indécis, ruminants. Silence des filles qui n'ont que le droit de s'offrir, pas de racoler. A peine se permettent-elles un murmure invitatif, lorsqu'un passant parvient à leur hauteur. Rue Caumartin, là-bas, dans le 9ᵉ, elles gonflent gaminement la joue avec la langue. Rue Mogador, elles vous saluent : « Bonjour, monsieur. » Ici, elles murmurent. Les règlements de police leur interdisent même de vous regarder fixement dans les yeux. Les règlements de police et les dérèglements mentaux des vieilles biques vertueuses ne sont pas à une conceté près. On nous prend pour des petits oiseaux. On veut nous protéger contre la fascination serpentine. Le regard direct, d'œil à œil, est assimilé au racolage. La prochaine fois que j'aurai affaire à un flic, Faroux ou autre, il pourra toujours m'ordonner, si les besoins de la conversation l'exigent : « Regardez-moi bien dans les yeux. » Des clous! Pour qu'il prétende, ensuite, que je lui ai fait des propositions malhonnêtes...

À propos de flic, ce que m'a dit le libraire me revient en mémoire et, machinalement, je regarde de droite et de gauche si je n'en aperçois pas un. Pour le moment, il y a tout ce que l'on veut, rue des Lombards – je crois l'avoir laissé entendre –, mais rien qui, de près, ou de loin, offre la dégaine d'un orfèvre du 36. Mon libraire s'est peut-être trompé, à moins qu'ils n'aient obtenu ce qu'ils cherchaient (un repris de justice qui se cachait dans le coin, par exemple), et levé le siège. De toute façon, je m'en balance. Moi aussi, je cherche quelqu'un et, jusqu'à présent, je suis le bec dans l'eau.

Je passe et repasse, je vais d'un trottoir à l'autre; je jette un coup d'œil dans les bistrots. Pour la quatrième ou cinquième fois, je frôle les nichons d'une blonde qui se tient au coin de la

Quincampe, devant le mur jaune, agrémenté de mosaïque bleue, d'un hôtel de passes. Celle-là, elle est encore moins bavarde que ses copines. A aucun de mes passages, je n'ai eu droit au moindre murmure, au moindre encouragement, au plus petit signe discret d'invitation à la volupté de sa part. Je crois que c'est cette espèce de réserve qui me fait l'examiner un peu mieux, lorsque, à nouveau, je bouscule son appétissante laiterie qui encombre le chemin. Alors, en dépit de l'éclairage plutôt tarte, je la reconnais. C'est celle que j'ai vue à la librairie, tout à l'heure; celle qui est sortie de la boutique en nous souriant si gentiment. Pour le quart d'heure, elle est loin de sourire, mais je ne m'arrête pas à ça. Pour moi, c'est comme si nous étions copains depuis toujours. Je peux me permettre de lui demander un renseignement.

— Oh! bonsoir, je fais.

Elle ne répond pas tout de suite. Elle me regarde et il me semble lire dans ses yeux une sorte de stupéfaction, comme lorsqu'on se trouve en présence d'un type particulièrement culotté. C'est peut-être son genre, sa spécialité, le côté gourdiflotte de cambrousse seinéoiseuse. Enfin elle dit :

— Bonsoir.

Mais sans conviction et ça ne va pas plus loin. Bon. Compris. Ou elle ne me reconnaît pas ou, ce qui est plus probable, elle ne veut pas me reconnaître. Ce qui se passe ailleurs et ce qui se passe ici, sur le tas, sont deux choses distinctes. Ça me plaît, cette attitude. C'est sympathique et

76

délicat, et sur le moment je me sens un peu gêné. Mais je me secoue et je dis :

— Je cherche une de vos collègues. Vous allez peut-être pouvoir m'indiquer où la dégotter.

Je sors un billet de banque de ma poche et je joue avec, discrètement pour la vue, mais assez bruyamment pour l'oreille, de façon qu'elle comprenne qu'elle ne perdra pas tout, même si j'accorde la préférence à une autre. Elle aura sa commission d'entremetteuse.

— La dégotter? Qui ça?

— Une nommée Margot.

— Margot?

Elle ferait un malheur, à la Radio, cette blonde. Non à cause de sa voix, encore qu'elle soit plus agréable que celles de certains speakers, mais parce qu'elle a tout de suite pigé le truc du discuteur maison, modèle *Tribune de Paris,* qui commence toutes ses phrases avec la fin de celles de son interlocteur.

— Oui, Margot.

Moi non plus, je ne crains pas les répétitions.

— La grosse ou l'autre?

Je rigole :

— Il y en a tout un assortiment?

Elle me bigle, puis :

— Z'avez l'air d'un petit marrant, vous, hein, m'sieur?

Elle dit ça comme si cette constatation lui flanquait la colique.

— Ça dépend des jours.

— Ouais. La grosse Margot, elle n'est pas disponible, ce soir. Elle est malade...

– Tout bien réfléchi, c'est plutôt l'autre que je cherche.

– L'autre?

De nouveau en pleine *Tribune de Paris*.

– Oui. L'autre.

Et allez donc!

– L'autre...

Elle marque un temps, comme si elle débattait un problème intérieur. Moi, je continue à triturer mon bifton. Richelieu va y paumer moustache et barbichette. Déjà, il s'amollit (le bifton, pas le cardinal), crisse beaucoup moins sous les doigts, tourne au chiffon. Mais il vaut encore mille balles.

– L'autre, se décide enfin à dire la blonde, elle s'explique rue Nicolas-Flamel. Le deuxième hôtel à droite.

– C'est bien une comme ceci et comme cela, hein?

Je la décris. La blonde approuve.

– Merci.

Je lui glisse le fric dans la main. On dirait qu'elle l'accepte avec répugnance.

Je prends la direction de la rue Nicolas-Flamel, mais, je ne sais pourquoi, au bout de quelques pas, je me retourne. Elle s'est avancée d'un mètre sur le trottoir des Lombards, maintenant, et elle me regarde m'éloigner. Un type l'aborde, auquel elle ne paraît pas prêter grande attention. Je lui ai peut-être tapé dans l'œil, cet œil qu'elle ne doit pas braquer. Sait-on jamais? Brusquement, elle se précipite dans le couloir de l'hôtel. Le type reste en plan, tout déconfit, je suppose.

Sur le moment, tout ça me semble bizarre, et puis je réfléchis. Mille balles gagnées à ne rien faire! Elle a calculé combien ça représentait de minutes de boulot et elle va sécher le turf pendant un temps équivalent.

Et voilà!

Nestor, le boy-scout des rues chaudes!

B.A.

Béat!

La Margot de la Flamel est « en lecture », lorsque je mets les pieds sur son territoire. Je poireaute un peu. Elle ne tarde pas à revenir. C'est bien la fille que j'ai entr'aperçue chez Fred Baget. Entre-temps, elle a troqué son trench-coat contre un manteau de lainage. Les travaux d'approche sont réduits au minimum et nous nous engouffrons dans l'accueillant hôtel, gardé par un maigrichon somnolent. Une fois dans la carrée et les droits de douane acquittés, on se met à l'aise. Je remarque qu'elle porte une jupe à fermeture Éclair des plus pratiques pour le métier qu'elle exerce. Tout est minuté au quart de tour. Enlevé, c'est pesé. Expéditions rapides. Économie des gestes et taylorisation de l'amour. Fusée porteuse pour septième ciel de pacotille. Ça va être duraille de tenir une autre conversation que celle prévue au contrat. J'essaie quand même. Je lui fais compliment sur son anatomie – je n'en vois pas beaucoup, mais ça ne fait rien –, et j'ajoute que, carrossée comme elle semble l'être, elle constituerait un modèle de choix, pour un peintre. Mes propos la surprennent et, du coup, elle s'humanise un peu. Elle demande :

— Pourquoi dis-tu ça?

— Pour rien.

— T'es artiste?

— Dans un certain sens.

Elle secoue la tête :

— Non, t'es pas artiste. Les artistes, je les connais. Enfin, j'en connais un. T'en as pas la touche.

— N'empêche que j'ai l'œil et que je vois bien que tu ferais un fameux modèle.

— Et qui te dit que je ne pose pas, des fois?

— Tu vois bien, que j'ai l'œil.

Margot est bien gentille, mais elle n'a pas pour habitude de transformer son établi en dernier salon où l'on cause. Dans ces conditions, il m'est difficile de louvoyer autour du pot. Je dois poser des questions directes :

— Et ton homme, qu'est-ce qu'il pense, de ça?

Elle fronce les sourcils :

— Qu'est-ce que ça peut te foutre, mon mignon?

Après ça, il n'y a qu'à la boucler.

Je ne sais pas s'ils frappent avant d'entrer. Ce dont je suis sûr, c'est qu'ils entrent. La porte s'ouvre violemment, se referme de même et les voilà dedans. Je sursaute comme le mari surpris par sa légitime en conversation coupable avec la voisine, la bonniche ou la porteuse de pain. Margot, aussi, sursaute. Elle proteste :

— Eh bien, quoi? c'est pas régulier. J'suis...

– Ça va, gronde quelqu'un.

Elle la ferme.

Ils sont cinq. Il y a le garçon de la piaule, la blonde qui m'a tuyauté et trois gars. Trois barbeaux. Ça se sent comme l'odeur de la marée, au retour des bateaux de pêche, dans la nostalgie iodée des crépuscules marins.

CHAPITRE VI

Ils ne sont pas exactement menaçants, mais je n'aime pas cette intrusion. On a sa pudeur, entre autres choses. Debout au pied du lit, l'air plutôt cornichon dans mon débraillé vestimentaire, je guigne mon veston, là-bas, sur le dossier de la chaise, au diable, dans l'angle le plus reculé de la pièce, qui, brusquement, me paraît immense. Mon veston qui contient mon pétard. Pour l'atteindre, c'est midi. J'en fais mon deuil.

Un des types me désigne du pouce, puis a un mouvement du menton à l'adresse de la blonde :

— C'est lui?

— Oui.

— Bon.

La nature l'a pourvu d'un tarbouif maison, du genre piqueur de gaufrettes, d'yeux porcins sous des sourcils qui se rejoignent et de joues creuses. Il est vêtu à la dernière mode de Pigalle. Le tout fait trente et quelques piges, y compris celles de cabane.

De ses deux copains, l'un est un petit rondouillard avantageux, au teint mat de Méditerranéen – faraud du Pharo –, avec deux espèces de crottes noires sur la lèvre supérieure, façon Hitler dédoublé en ce qui concerne la moustache, et moitié placeur, moitié patron de bobinard pour l'ensemble. Rayon vêtements, kif-kif le premier, dont il est l'aîné.

Le troisième ostrogoth, plus âgé encore, porte sa cinquantaine dépassée avec moins d'aisance que sa deffe de touriste, son pardessus de tweed et ses lunettes. Lèvres minces et exsangues, peau de la couleur d'une tranche de jambon de Paris, pas mal de rides. Trop de bagues à ses doigts. Elles détruisent ce que sa silhouette pourrait avoir, à première vue, d'honorabilité bourgeoise.

Un court instant, un silence lourd s'abat sur la chambre, rompu seulement par des glissements furtifs dans le couloir, une porte proche qui se referme, des trépidations qui ébranlent les canalisations de flotte, tout le saint-défrusquin indiquant que l'usine continue à fonctionner.

– Et alors? j'envoie, faussement désinvolte, espérant donner le change, ne pas faire voir que, sans trembler positivement de trouille, ce turbin ne me dit rien qui vaille. Et alors? On joue aux flagrants délits?...

Je désigne ma partenaire, assise sur le plumard, les cuisses au vent, et abasourdie, elle aussi :

– Vous aurez du mal à faire admettre que je l'ai violée, vous ne croyez pas?

— Ça va, dit Long Blair.

Jusqu'à présent, il n'y en a eu que pour lui. C'est le plus jeune de tous, mais ça doit être un caïd. Il ricane :

— Z'êtes un marrant, vous, hein?

— Cette blonde ne vous l'a pas dit?

Ça la lui remet en mémoire. Il se tourne vers elle, mais ce n'est pas lui qui parle, pour une fois. C'est le rondouillard aux bacchantes affreuses et, comme prévu, il a l'accent des Martigues :

— Fous le camp!

Sans un mot, la fille obtempère.

— Et merci, lance Long Blair lorsqu'elle franchit le seuil de la chambre.

— Pas de quoi.

Elle calte. Le garçon de l'hôtel graillonne.

— Barre-toi aussi, lui intime-t-on.

— Oui, mais vous me promettez...

— Oui. Pas d'emmerdements. Si tu tiens ton nez propre.

— D'ac.

Le rondouillard l'empoigne par le bras et l'expulse. Ensuite, il se poste devant la porte refermée et attend, mâchouillant une allumette, l'air pas plus enthousiaste que cela. Muet, le mec à découpe de touriste assiste à ces diverses scènes en touriste. Après tout, c'est peut-être un vrai, et tout ça n'est qu'une variante du *Paris by night*.

— Reloque-toi, Guite, dit Long Blair.

— Oui, Dédé.

Margot – ou Guite – ramasse sa jupe et l'enfile,

84

dans un frou-frou soyeux de dessous froissés, se bagarrant avec la fermeture Éclair, subitement rétive. Dédé Long Blair revient à moi. Il sort un papelard de sa poche et le consulte, puis, sans rien d'agressif, sur un ton non dépourvu de relative politesse, même, il demande :

— Z'êtes monsieur Nestor Burma, hein?

Ça me souffle un peu. Je ne suis pas plus modeste qu'un autre et ça chatouille agréablement l'amour-propre de constater qu'on est connu, mais parfois on s'en passerait bien. Ça me souffle un peu, mais ça ne devrait pas. Même si je mets du temps à comprendre, j'y arrive. Et je devrais avoir compris depuis longtemps que, cette blonde m'ayant entendu nommer par le libraire, mon nom lui est resté dans un coin du ciboulot; je ne sais pourquoi, ça l'a intriguée que je veuille contacter Margot et elle n'a rien eu de plus pressé que d'affranchir ses affranchis, dès que je l'ai eu quittée.

— Oui, dis-je. Je suis Nestor Burma.

— Détective privé?

Je balance la réponse habituelle :

— Pour vous servir.

— Marrant, se marre-t-il.

Il est le seul. Le rondouillard fait grise mine, le touriste pas de mine du tout. Moi, je nage et Margot s'inquiète :

— Je peux partir?

— Reste là. J'ai besoin de toi.

Elle se rassied sur le lit. Dédé poursuit :

— Agence Fiat Lux. Bureau rue des Petits-Champs. Domicile privé...

Il connaît aussi mon adresse personnelle. Je dis :

— Vous paraissez doué pour recueillir rapidement des tuyaux. Si jamais un jour vous cherchez du boulot, je vous embauche.

Il hausse les épaules :

— Une fois qu'on connaît le nom d'un type et si ce type figure à l'annuaire...

Il va à mon veston, l'arrache du dossier de la chaise et le palpe. Il en sort le bouquin de Ditvrai et le pétard. Il regarde l'arme en sifflotant :

— Excusez-moi, dit-il. Je vous le rendrai plus tard.

Il l'empoche. Il tient dans l'autre main le livre de Ditvrai. Il jette un coup d'œil sur le titre et tapote la couverture du bout de ses longs doigts blancs qui n'ont jamais connu le contact dégradant du manche de pioche ou de marteau :

— *Les fantômes d'Al Capone*... Vous vous intéressez à ce genre de conneries? fait-il, apitoyé.

— Ça m'amuse.

— Des conneries, soupire le rondouillard. C'est pas ce qui manque, les conneries.

— T'occupe pas, lui envoie l'autre truand.

Il me sourit :

— C'est un juif. Les juifs, il faut toujours que ça discute.

Un juif? Tu parles! Le rondouillard ressemble à un juif, du moins tels qu'on se les imagine, comme moi à un évêque.

— Qu'est-ce que vous pensez des juifs, m'sieur Burma?

En voilà bien d'une autre! Je réponds :

– Que dalle. J'aime ma tranquillité. Alors, les juifs... Si vous êtes pour, vous tombez sur quelqu'un qui est contre; si vous êtes contre, vous tombez sur quelqu'un qui est pour; si vous êtes neutre, ça ne paraît pas catholique. Ça n'en finit pas.

– Oui. Et puis, qu'est-ce qu'on en a à foutre, hein?

– Oui.

– Tenez. Reprenez votre veston.

Il me le tend, et le bouquin avec, mais il doit posséder des talents de pickpocket, car, pendant le court voyage, il l'a délesté de mon portefeuille. Cependant que je me refrusque, il examine mes papiers.

– Parfait, dit-il ensuite en me restituant mon bien. Pas d'erreur. Vous êtes Nestor Burma, flic privé. Et maintenant, on va causer un chouïa, vous voulez? J'espère que personne ne vous attend?

– Personne.

– Bon.

Il prend l'unique chaise et s'y installe à califourchon comme s'il se disposait à finir la nuit là. Le rondouillard pousse un soupir nettement désapprobateur. Dédé se tourne vers lui :

– Testigna?

L'autre consulte sa montre :

– Ça traîne et j'ai pas confiance. Surtout en cette andouille de garçon, en bas.

– Eh bien, va lui tenir compagnie. Et empêche-le de faire des conneries.

Le rondouillard crache son bout d'allumette et, avant de sortir, nous ressert sa phrase favorite :

— Ce n'est pas ce qui manque, les conneries.

Le touriste n'a pas pipé. Il semble de bois.

— A toi, Guite, fait Dédé.

— Qu'est-ce qu'il faut que je dise? demande la fille.

— Qu'est-ce que vous avez fait, ensemble, toi et m'sieur Burma?

Elle ricane :

— Ça alors! On...

— Z'avez pas parlé? Il t'a posé des questions?

— Oh! si, mais...

— Lesquelles?

— Eh bien... euh... des questions, c'est peut-être beaucoup dire. On a bavardé, quoi. On bavarde toujours un peu, avec les caves. Enfin, quoi! tu connais le boulot, Dédé. Il m'a dit... Ah! tiens ça, c'est marrant... C'était pas du tout le genre de trucs que me disent les autres. Il m'a dit que je ferais un chouette modèle pour un peintre. Alors, j'ai répondu que je posais, des fois, et il m'a demandé de quel œil tu voyais ça?

— Et qu'est-ce que tu as répondu?

— Qu'est-ce que ça pouvait lui foutre! Il n'a pas été plus loin.

Le barbeau me regarde :

— Oui. Qu'est-ce que ça pouvait bien vous foutre, en effet, m'sieu Burma?

— Écoutez, dis-je. Vous semblez vous tracasser parce que j'ai porté mon choix sur votre femme. Je ne sais pas s'il entre dans vos habitudes d'éplucher comme ça tous ses clients, mais moi je m'en fous, d'être épluché, et je peux bien vous dire de quoi il retourne. J'étais chez Fred Baget, le peintre, cet après-midi, c'est un copain, — lorsque votre Margot s'est amenée. Elle m'a tapé dans l'œil et voilà. Baget m'a indiqué où je pouvais la trouver. Je suis venu.

Dédé toussote et bigle le tapin.

— Minute, articule celui-ci. Je l'ai pas vu chez l'autre cave, moi, çui-là. Et s'il y avait quelqu'un, c'était plutôt une gonzesse.

Je hausse les épaules :

— Vous dites ça parce qu'il avait la frime mâchurée de rouge à lèvres, hein?

— Et j'ai vu un manteau et un sac.

— D'accord. Il y avait une femme, avec lui. Mais j'y étais aussi, moi.

Dédé émet un ricanement égrillard :

— Eh bien, vrai!

Il doit penser que ces peintres et ces privés sont de mœurs plutôt dissolues, orgiaques et romano-décadentes.

— J'y étais aussi et, la preuve, c'est que je peux vous dire comment vous étiez vêtue, vous répéter les propos de Baget, même.

Je le fais. J'ajoute :

— J'étais dans l'atelier. Du haut de l'escalier, on peut voir sans être vu.

— Possible? demande Dédé à Margot.

— Oui.

— Bon. J'aime autant...

Il se frotte les mains avec satisfaction, puis :

— Tout ça ne m'apprend pas pourquoi vous vouliez savoir de quel œil je voyais les relations de Guite et de ce barbouilleur.

Je ne peux pas lui avouer qu'un moment, l'idée m'est venue (et je ne suis pas parti à la recherche du tapin pour vérifier autre chose) que cela ne lui plaisait pas, que la fille pose pour Baget, parce que cela lui permettait de sécher le turf et qu'elle l'avait peut-être séché la nuit dernière, et qu'alors, lui, son sang n'avait fait qu'un tour (ils sont un peu cons, ces durs, beaucoup même, on ne peut pas dire qu'ils trimbalent un quart de brie dans le cigare, ce serait déconsidérer le brie), alors lui, dis-je, il était allé rôdé dans l'île Saint-Louis pour la rappeler à l'ordre, lorsqu'elle sortirait de chez le peintre, et boum! sans plus réfléchir, trompé par le trench-coat, il avait poignardé la juive, la prenant pour Margot. J'ai fait fausse route, certes, mais je ne peux quand même pas lui faire part de mon hypothèse. Je me contente de dire :

— Vous savez, mon vieux, Baget c'est un artiste, une espèce de grand gosse. Je suis comme qui dirait chargé par son vieil oncle de veiller sur lui. Quand j'ai appris qu'il fréquentait Margot, sur un plan différent du plan habituel, j'ai pensé : « Gaffe! Si des fois ça ne plaît pas à l'homme de cette souris? » Alors, disons que j'ai voulu la contacter parce qu'elle m'avait fait de l'effet, et aussi pour m'assurer, comme ça, en passant, que mon copain-client ne courait aucun danger. On appelle ça joindre l'utile à l'agréable.

— Il n'en court aucun, fait Dédé. S'il n'y a que ça pour vous empêcher de dormir... J'ai toujours été au parfum des rapports de ce cave avec Guite et je les approuve. Il fait son portrait. Il casque bien. Ça la repose, lui fait des sortes de vacances... et aussi peut-être un peu de publicité.

— Pourquoi pas?

— Je disais ça pour rigoler.

— Vous avez tort. Si je suis là, hein?...

— C'est vrai.

Il fait un signe :

— Tu peux te tirer, Guite.

Elle se lève, plutôt craintive :

— J'espère... oh! dis Dédé... je... l'ai...

— Barre-toi, dit-il doucement.

Rassurée, elle s'approche de lui. Il la congédie d'une tape amicale et distraite sur les fesses et elle sort.

Moi, je continue à me demander à quoi rime toute cette postiche. Mais je ne dis rien. D'abord, je suis désarmé. C'est Dédé qui détient mon pétard. Il n'y a donc qu'à attendre et subir ce qu'il y a à subir. Et puis, il y a la question juive. Je vais devenir un passionné de la question juive, moi. Je me sens turlupiné par. En guise de pousse-café, j'ai eu droit au cadavre de Rachel Blum cet après-midi, et ce soir ce hareng me demande ce que je pense des juifs. Drôle de truc! On a beau dire qu'il y en a partout, des juifs, et plus particulièrement dans cet arrondissement – le quatrième –, ce n'est pas naturel qu'il m'en échoie une telle ration, en un seul jour.

Un silence suit le départ de Margot. Dédé m'examine, me jauge. En même temps, il gamberge. Ça se voit à la façon qu'il a de rejeter son feutre en arrière pour donner libre jeu aux rides frontales nées de la réflexion et de la concentration d'esprit. Enfin, il marmonne quelques paroles indistinctes et, décision apparemment prise, abandonne sa chaise. Il ajuste son galure, reboutonne son pardingue qu'il avait ouvert et, sa main droite dans la poche, vraisemblablement sur un soufflant, le mien ou un autre, il dit, vrillant ses yeux porcins au plus profond des miens :

– Maintenant, on va discuter sérieusement, m'sieu Burma. Mais pas ici. Ça risque d'être long et nous sommes ici depuis déjà trop longtemps. Si vous voulez bien venir avec nous...

Je désigne la bosse de sa poche :

– Je suppose que je n'ai guère le choix, hein ?

– On va pas vous bouffer sans boire, allez !

Mais il ne retire pas sa main d'où elle est.

– C'est égal. Vous parlez d'un turbin ! Si j'y comprends quelque chose...

– C'est ce que je vais vous expliquer, justement. Ailleurs.

Je sors de la carrée en sandwich entre les deux mecs. Le touriste taciturne devant moi et Dédé derrière. Au rez-de-chaussée, nous récupérons le rondouillard, assis dans un coin du burlingue, en plein gardiennage du gardien.

– On s'en va, dit Dédé.

L'autre me toise et commente :

– De la connerie en bâton.

Vocabulaire restreint et idée fixe. Dédé ne répond pas. Le garçon de l'hôtel nous regarde partir avec soulagement. Nous descendons vers la rue de Rivoli. Les tapins s'écartent devant nous. Avec respect, dirait-on. Toutes ces filles ont l'air tendu, mais c'est peut-être une idée que je me fais. Les événements que je vis favorisent l'éclosion de toutes sortes d'idées. Le plus marrant, c'est qu'il me semble que je pourrais me débiner, mais je n'en éprouve aucune envie. Je suis. Je verrai bien. «On ne va pas vous bouffer sans boire», qu'il a dit, le gars. En silence, nous traversons la rue de Rivoli, contournons le square Saint-Jacques. Des bagnoles stationnent devant l'entrée des artistes du théâtre Sarah-Bernhardt, avenue Victoria. Le rondouillard ouvre la portière d'une traction et s'installe au volant. Je prends place sur la banquette arrière, toujours en sandwich. Je dis :

– Si c'est un kidnapping, vous ne trouverez personne pour payer ma rançon.

– Vos lectures vous montent au cigare, m'sieu Burma, ricane Dédé.

Le rondouillard embraie. On démarre. Le chauffeur ne dit pas un mot, n'a rien demandé. Il doit savoir où aller. Placé comme je suis, je ne vois pas grand-chose du paysage. J'ai l'impression que la voiture décrit des détours inutiles. C'est une combine pour que je n'identifie pas l'itinéraire. Tout ça devient de plus en plus intéressant. Enfin, on s'engage dans une rue étroite où le tacot a du mal à passer. Ses roues frôlent parfois le trottoir de droite, parfois celui de gauche. On stoppe. Je descends, encadré par le touriste et Dédé, et nous nous engouffrons sous une voûte malodorante, cependant que le rondouillard se tire avec la tire. Je n'ai pas eu énormément le loisir de voir quoi que ce soit du décor, mais je connais Paris. Mes zigotos n'ont peut-être pas pensé à ça. Ils en sont pour leurs zigzags. Sauf erreur, nous sommes passage du Prévôt, un boyau qui relie la rue Charlemagne à la rue Saint-Antoine. De l'autre côté des vieilles bâtisses, c'est la rue de Fourcy, célèbre, avant la loi Marthe Richard, pour son *Panier Fleuri*, une maison d'abattage qui a cédé la place à une clinique de consultations prénatales. Je n'invente rien. Tout le monde peut y aller voir.

Dédé frappe à une porte et un malabar vient nous ouvrir. Sous l'éclairage louche de la pièce miteuse où il nous introduit, sa bouille marquée de boxeur flapi ressemble à une gargouille. Il me regarde :

— Qui c'est?

— Un flic, gouaille Dédé.

Le malabar sursaute :

— Merde! Tu...

— Privé.

— Quoi, privé?

— Flic privé.

— C'est du kif.

— T'occupe pas. Je sais ce que je fais.

— Je l'espère. Oh! Bon Dieu de bon Dieu!

— Dis donc, on voudrait discuter tranquilles.

— J'ai quelqu'un.

— On se contentera de la cuisine.

— Comme tu voudras. Bon Dieu! t'es doré, papa. Tout t'a toujours réussi. T'as jamais fait de connerie. C'est ça qui m'inquiète, justement. Un jour, t'en feras une tellement chouette que tout pétera de tous les côtés.

— Ta gueule, fais Dédé.

Nous traversons une espèce de salon-chambre à coucher plutôt cracra. Attablé devant un litre de vin, un jeune ivrogne pelote une pouffiasse par l'entrebâillement de son peignoir. À notre entrée, il s'interrompt et lève vers nous des yeux de velours et un tarin comme on n'en voit que sur les caricatures antisémites. Décidément, c'est le jour aujourd'hui. Nous nous installons dans la cuisine, où ronfle un poêle. Il fait chaud, très chaud. À moins que je ne commence à avoir sérieusement les jetons. « On ne va pas vous bouffer sans boire, m'sieu Burma. » Possible. Seulement, la pouffiasse d'à côté rapplique, porteuse de verres et d'une bouteille de blanc. Je la regarde. J'espère qu'il n'entre pas dans leurs intentions de me faire vamper par elle. Margot, ça va, mais celle-là... Elle retourne prêter ses appas croulants au fils de Sem, et Dédé fait le service. Là-dessus, le rondouillard nous rejoint, toujours aussi aimable, mâchouillant une nouvelle allumette. Dédé allume une gauloise et le touriste une odorante cigarette anglaise. Je leur tiens compagnie avec ma pipe.

Nous buvons tous un coup, puis Dédé l'ouvre enfin.

La discussion dure un bout de temps. Elle est délicate. Lorsque j'en sors, en même temps que de ce clandé crado, je me demande si je rêve ou quoi, j'en ai eu, des clients, depuis que j'exerce ma profession. De tous les acabits, formes et couleurs. Mais jamais je n'ai entrepris de recherches « dans l'intérêt des familles », comme a dit ironiquement Dédé, pour le compte de barbeaux.

Il y a un commencement à tout.

CHAPITRE VII

Le trajet de retour s'effectue en silence, tous trois, le rondouillard, Dédé et moi, absorbés dans nos pensées. Celui que j'appelle le touriste n'est plus avec nous. Nous l'avons laissé passage du Prévôt. En fin de compte, ce doit être vraiment un touriste. Enfin, pas loin. D'abord, il est étranger. Plus ou moins angliche. J'ai compris ça à l'accent avec lequel il a prononcé deux ou trois mots. (Car il n'est pas muet. Simplement flegmatique et réservé.) Et il a tout à fait les goûts des touristes. Il aime s'encanailler. Il est resté là-bas, retenu par la pouffiasse.

Juste le temps qu'il faut pour me cracher non loin de la rue de La Reynie où j'ai demandé à être conduit parce que ma bagnole m'y attend, la traction stoppe en plein Sébasto, animé et bruyant du trafic des Halles. Dédé me tend mon pétard et sa main. Je prends les deux :

— Soyez régule, me recommande-t-il.

— Je le serai.

— Tchaou, dit le rondouillard.

Il me tend la main, lui aussi. Je la lui serre. Ces

gestes banals, mécaniques, n'ont que l'importance qu'on veut bien y attacher.

— Moi, dit-il, sur un ton menaçant et en conservant ma main dans la sienne, moi, je pense que nous sommes en train de déconner. Démerde-toi pour que je me goure, papa.

Il me libère :

— Tchaou.

Je descends et claque la portière. La traction vrombit et disparaît dans le trafic, direction Montmartre. Tant bien que mal, je reprends possession de ma Dugat, coincée entre une camionnette et une pile de diables. Je la désembringue comme je peux, sous l'œil amusé d'un tapin et d'un porteur de cageots. Une heure du matin. Je pourrais rentrer me coucher, mais je suis trop nerveux. Je quitte le coin et roule au hasard, dans Paris endormi.

C'est ainsi que je me retrouve, sans l'avoir consciemment voulu, à proximité du pont Sully. Alors, je songe à Ditvrai. C'est par là que sa bagnole est partie, me brûlant la politesse. Jacques Ditvrai... Rachel Blum... Fred Baget... Margot... Dédé...

Et maintenant, Samuel Aaronovicz!

Stoppe, Nestor, et marche un peu. Puisque tu prétends que marcher te clarifie les idées, c'est le moment d'appliquer la méthode. Je range ma voiture le long de la Bibliothèque de l'Arsenal et me dirige à pied vers le fleuve. Il tombe un petit crachin assez vif, mais supportable. Chargé d'une promesse de printemps, d'ailleurs. Il n'est pas loin, le printemps. Un peu plus d'un mois. Un peu avant son arrivée, le 7 mars, j'entamerai une autre année. C'est peut-être mon cadeau d'anniversaire que j'ai reçu aujourd'hui, par anticipation. Et quel cadeau! Nestor, le détective de choc, au service des truands!

Dédé n'est certainement pas le voyou ordinaire dont il a la touche. Le boxeur réformé a dit qu'il avait du pot et que tout lui avait toujours réussi. Peut-être parce qu'il sait faire preuve d'audace dans ses entreprises, qu'il ne recule pas devant l'originalité. Exemple: la combine de cette nuit.

— Je crois qu'on peut vous faire confiance, m'sieu Burma. J'ai le pif pour... (Il se le masse.) Il est assez grand et long et, jusqu'à présent, il ne m'a jamais trompé. J'ai quelque chose à vous proposer. Es qualités, comme je crois qu'on dit.

— Sans blague? Est-ce que, par hasard, vous voudriez m'embaucher?

— Tout juste. Ça vous estomaque?

— Ça m'inquiète.

— Pourquoi? Je paie... (Il sort une liasse de biftons de sa poche, en tapote la toile cirée craquelée, puis l'escamote.) Z'êtes au service de qui vous paie, n'est-ce pas?

— Minute. Ce n'est pas si simple.

— Mon fric ne vaut pas celui d'un autre?

— Pas tout à fait. En général, mes clients habituels offrent des garanties morales qui – ce n'est vouloir froisser personne que de le constater – vous font défaut. Vous n'êtes ni notaire, ni industriel, vous ne jouissez pas de ce qu'on appelle une honorabilité bourgeoise. Remarquez que je m'en fous et que beaucoup de ces bourgeois valent encore moins cher que vous. Mais, enfin, c'est la façade qui compte. Embauché par un notaire ou un boutiquier patenté, j'ai quand même moins de chances, sauf exception, de me trouver embringué dans je ne sais quel micmac qui risque de me retomber sur le nez si je travaille pour vous. Et, si mal que ça puisse tourner, je ne puis être accusé de collusion avec des gangsters.

Dédé ne se formalise pas de ma franchise. Il trouve mes suspicions légitimes. Le touriste aussi. C'est à cette occasion qu'il prononce quelques mots avec un fort accent. Seul, le rondouillard ne dit rien, ni dans un sens ni dans l'autre. Manifestement, cette combine lui sort par les yeux.

— Vous en faites pas, dit Dédé. Je ne veux rien vous demander d'illégal. Parole d'homme.

— Admettons. Mais la suite? Les conséquences, s'il y en a?

— Aucune conséquence fâcheuse à craindre. Parole d'homme, encore un coup. Alors?

— Ma foi, on peut toujours voir. Accouchez.

— Nous cherchons quelqu'un. Dans le quartier. Malheureusement, nous ne sommes pas très marles à ce jeu-là, nous autres. Et nous finissons par nous faire remarquer. Mauvais, ça. Nous avons comme qui dirait l'habitude de vivre dans des espèces de réserves. Pigalle, etc. Comme les Peaux-Rouges. Ou les juifs, dans leurs ghettos.

Encore les juifs! Il y avait longtemps.

– Dès que nous nous déplaçons et que les bourres nous repèrent dans un coin qui n'est pas le nôtre, ils s'imaginent des trucs. Ils viennent rôdailler autour de nous...

Je pense à Oeters, le libraire du Sébasto. Il ne s'est pas trompé. Une agitation latente, anormale, régnait dans le secteur des Lombards, parce que ces gars sont descendus de Montmartre, se sont pour ainsi dire installés à demeure dans le quartier et que les flics se sont demandé ce qu'ils mijotaient.

– J'aime mieux ne pas leur donner trop d'occasions de s'imaginer. Je leur cède la place. Mais sans rien abandonner de mon but. Et mon but, pour le moment, c'est retrouver un certain type.

– Pour le mettre en l'air?

– Pas du tout. Z'avez de mauvaises lectures, je vous l'ai déjà dit. Vivement une vraie censure. Nous nous mettons en l'air entre nous, entre hommes du Milieu. Le mec que je cherche est un cave. S'il s'agissait d'un homme du Milieu, je n'aurais pas besoin de vous pour mettre la main dessus. Mais c'est un cave. Un boulot. Il fabriquait des casquettes, dans le temps. Rue des Rosiers, rue Pavée, par là. Ce qui ne nous simplifie pas la tâche. Ces juifs, merde! pour leur soutirer quelque chose! Vachement méfiants! On peut quand même pas les tabasser les uns après les autres.

Je ricane :

– Non. Ça serait mal vu et c'est pour le coup que vous vous feriez remarquer.

— Tout juste. Mais vous, vous devez avoir la manière. Alors, m'sieu Burma? Vous perdez de vue qui nous sommes et vous acceptez de travailler pour nous?

J'ergote encore un peu, pour la forme. Intérieurement, j'ai décidé de marcher! Un type qui confectionnait des casquettes! Rue des Rosiers, rue Pavée, par là. Un juif, certainement. Qu'est-ce qu'ils peuvent bien lui vouloir, à ce juif, Dédé et compagnie? Et est-ce que... Rachel Blum, cet après-midi. Ce casquettier, ce soir. Y a-t-il un rapport? Ce n'est pas en refusant l'offre inattendue de ces zigues que je le saurai. Alors, allons-y, mais sans trahir l'intérêt qui m'envahit soudain. J'exige encore une fois sa parole d'homme que rien de ce que je ferai ne m'attirera d'ennuis, que ça ne tournera pas au vinaigre. Il me le promet.

— Vous me dégotez le type et c'est tout. Il ne lui arrivera rien.

— Franc et loyal?

— Franc et loyal.

— Alors, je suis votre homme.

Et je cite aussi sec un chiffre, pour mes honoraires. Dédé ressort son fric et me colloque la somme demandée.

— Samuel Aaronovicz, dit-il, ensuite. Doit avoir trente et quelques ans. Toute sa famille est morte en déportation, si ça peut vous être utile. J'ignore quelle gueule il a, s'il est bossu, boiteux ou borgne. Jamais vu...

Il marque un arrêt :

— Samuel Aaronovicz.

102

– Laissez-moi noter ça. Aaronovicz. Bien entendu, ça s'écrit comme ça se prononce?

– Ah! ces blazes! soupire-t-il.

J'attends qu'il me fournisse d'autres tuyaux, mais rien ne vient.

– C'est tout?

– Oui.

J'avance une moue à la Brigitte. En moins charmant :

– Y en a pas lerche.

– Je le sais foutre bien.

– Dites donc... il ne faudrait pas me prendre pour un superman... je peux très bien ne pas réussir, vous savez! Surtout avec de si maigres éléments.

– Je vous demande de faire pour le mieux. Après, on verra. Mais n'y mettez pas de la mauvaise volonté... (Son œil s'assombrit, lance une lueur peu commode.) Franc et loyal. Soyez régule.

– Je le serai.

J'ai le sentiment confus qu'il me cache quelque chose ou qu'il me monte un bateau. Un petit silence, puis :

– Je vous téléphonerai, chaque jour, pour savoir où vous en êtes, dit-il.

– Entendu.

– Soyez régule, répète-t-il. En sortant d'ici, n'allez pas vous allonger chez les flics. J'ai confiance en vous, mais autant vous avertir. Nous pourrions nous montrer vachement vaches, s'il le fallait. Soyez régule.

– Franc et loyal.

– Gy.

Et on se serre la louche, pour sceller le pacte. Blague à part, nous formons une belle paire de non-conformistes, cézigue et moi. Un truand qui fait appel à un flic privé et le flic privé qui accepte. Ça ne se voit pas tous les jours.

Tout en revivant cette séance, j'ai marché. J'ai quitté le pont Sully, contre les piles duquel se brise, en murmurant lugubrement, le fleuve en crue, et ai pénétré dans l'île Saint-Louis, par le quai d'Anjou, que je longe maintenant. Il pleuvote toujours. La lueur des candélabres se reflète sur les trottoirs mouillés, les capots et les toits des voitures abandonnées pour la nuit. L'île, plus paisible et provinciale que jamais, est plongée dans le sommeil. Quelque part, une horloge égrène des sons graves. Saint-Louis-en-l'Ile, peut-être. Tout est calme. Iliens, dormez sans souci. J'arrive à la hauteur de l'hôtel où demeure Ditvrai. Une veilleuse, visible à travers les rideaux du bureau, perce les ténèbres de la pièce apparemment déserte. Je contemple la façade, aux fenêtres aveugles, closes, noires. Pas toutes. Une lumière filtre à l'une d'elles. Juste un trait vertical, sur le côté. Au second. La chambre de Ditvrai. Brusquement, l'envie me prend de demander audience au journaliste.

La porte de l'hôtel s'ouvre sous ma poussée. C'est la maison du Bon Dieu, confiance et compagnie. De jour comme de nuit. Personne ne surgit du burlingue pour s'informer de mes désirs.

Le hall est obscur. J'avise toutefois un bouton de minuterie que je presse, et quelques faibles ampoules balisent l'escalier. Je gravis les marches en silence. A chaque étage brille une calbombe de voltage réduit. Au-delà du palier, que chacun se débrouille. Un rire me parvient, étouffé, sournois et hypocrite, de fille qu'on lutine. Ou qui rêve qu'on la lutine. J'atteins le second. Je m'engage dans le couloir, craquant une allumette pour déchiffrer les numéros des chambres. De celle qui fait face à celle de Ditvrai, sourd une musique douce, ténue, à peine audible, provenant d'un phono ou d'une radio. Ma suédoise s'éteint. La minuterie aussi. Aucune importance. Je suis devant la bonne porte. Je la heurte de mon index recourbé. Pas très fort. Personne ne répond. Je remets ça. Du kif. Je m'apprête pour une troisième tentative, puis je me ravise. Je mets un œil au trou de serrure. Un noir d'encre. Mais il y a peut-être un disque de métal formant écran. Je volte et renouvelle l'expérience à la chambre d'en face, celle à la petite musique de nuit. J'aperçois de la lumière. Pas aveuglante, mais il y en a. Donc, pas de disque. Ditvrai a dû éteindre, lorsqu'il a entendu frapper. Je suis sûr qu'il est là, Ditvrai. Évidemment, il estime sans doute que c'est charrier un tantinet que de lui rendre visite à pareille heure. D'autant qu'il ignore qui ça peut être. Mais il pourrait le demander, au lieu de faire le mort. Puisqu'il ne le demande pas, je vais m'annoncer. J'ai mis l'œil à la serrure, tout à l'heure. Allons-y de la bouche, à présent :

— Hep! Ditvrai. C'est moi. Nestor Burma.

Je ne sais pas pourquoi je me livre à toute cette comédie. Je ne sais pas pourquoi je me sens nerveux.

– Hep! Ditvrai.

Nib. Il continue à faire le mort. Le mort! Oh! sacré bonsoir! Mais non. Je débloque. Il y avait de la lumière. Il n'y en a plus. Il refuse simplement de recevoir. Ce n'est pas son jour. Ni l'heure. Alors, je la boucle et j'attends, immobile. Je poursuivrai mes auscultations de lourde à intervalles réguliers, jusqu'à l'aube, s'il le faut. Pour m'entêter comme ça, il faut que je le trouve bizarre, moi, ce Ditvrai. Oui. De plus en plus.

La musiquette s'est tue, dans la chambre voisine. Plus aucun bruit ne s'entend. Il n'y en avait déjà pas beaucoup, auparavant. Maintenant, il n'y en a plus du tout. Les minutes passent et voilà que je perçois un déclic. Celui que produit un pêne glissant hors de sa gâche. Et Ditvrai ouvre sa porte.

Il n'a pas éclairé chez lui. Par la fenêtre, devant laquelle le rideau a été à demi tiré, pénètre une clarté diffuse, issue des lampadaires du quai d'Anjou, qui me permet à peine de distinguer sa silhouette.

– Alors, je fais, on vient s'assurer que l'emmerdeur est parti.

Ça déclenche le cyclone. Il ne perd pas le nord, le frère. Ni de temps. Il me harponne par le col – au hasard, peut-être, mais il tombe juste –, et m'attire à lui. Il me balance un coup de je ne sais quoi dans les jambes et je me plie en deux. Je déplace ma bobèche – l'instinct sans doute –, et c'est la nuque qui reçoit ce qui était destiné au visage. Ce n'est pas mieux, d'ailleurs, en fait de résultat. J'agite les bras comme les ailes d'un moulin, mais pour saisir le gars, je repasserai. Il me contourne et rompt dans le couloir. Je bondis. Une sorte de poing américain me pêche au menton. Les ténèbres environnantes s'épaississent, en même temps qu'elles se peuplent de cercles lumineux multicolores qui s'entrecroisent, zigzaguent, se mêlent, se défont. Je m'écroule, me ratatine avec le bruit que ferait un objet lourd heurtant le sol. Ma tête, peut-être. Ma dernière pensée est pour Ditvrai. Oui, de plus en plus bizarre, ce type.

Le monde où je pénètre bourdonne de parfums. Je ne puis traduire autrement ce que je ressens. Je dois vouloir me sauver comme je peux, mais je me demande comment. Je ne remue ni pied ni patte et, pourtant, j'ai le sentiment de me traîner. A reculons. Des tenailles me meurtrissent les aisselles. Je perds un de mes souliers. Je pense : « Comme Rachel. Comme Cendrillon. » Quelle Rachel ? Quelle Cendrillon ? Ce vertige cesse. Je retombe dans l'immobilité. Quelque part derrière mon crâne, une fusée rouge monte vers le ciel et s'y dilue. La fin d'alerte ou quelque chose comme ça. Des araignées se promènent sur ma poitrine. Des araignées qui dégagent une odeur, un parfum. J'ouvre les yeux et les referme vivement, sous l'action blessante de la lumière. Les araignées continuent leurs investigations. J'entends un souffle court. Le mien. Ou celui des araignées. Je soulève lentement les paupières, m'habituant progressivement à la lumière, au brouillard lumineux qui m'enveloppe et qui se déchire peu à peu. Je suis allongé près d'une porte, à l'intérieur d'une chambre coquette, sur la moquette. Une fille est debout auprès de moi. Mes yeux reconnaissants s'attardent sur la gracieuse silhouette que je vois en contre-plongée. C'est un régal, un bienfaisant repos pour eux. Elle est jeune, jolie. Elle ressemble à l'actrice Gaby Bruyère. Ses cheveux aux reflets cuivrés, épars, tombent librement sur ses épaules. Sa robe de chambre bâille. Sa chemise de nuit de nylon rose, généreusement décolletée, la dénude plus qu'elle ne la vêt. Très agréable. Sympathique. Reposant.

Ce qui l'est moins, c'est qu'elle braque sur moi un revolver de fort calibre.

Elle s'aperçoit que je reprends mes esprits. Elle se penche sur moi, ce qui me permet de contempler un paysage que je ne suis, malheureusement, pas en état d'apprécier comme il conviendrait, et chuchote :

– Ça va mieux, monsieur?

Je ne bouge pas. J'ai assez de difficulté à articuler, et, encore, pas tout de suite :

– Ça irait tout à fait bien... enfin presque... si vous orientiez différemment cet engin. Je suis dans l'axe du canon.

Elle regarde l'arme, redresse la tête et pouffe nerveusement :

– Oh! c'est vrai. Excusez-moi. Je le tenais à la main, lorsque vous avez commencé à redonner signe de vie et... Je l'avais totalement oublié.

Elle me sourit. Sa voix n'est pas très assurée. Elle exprime un mélange de culot monstre et de trouille juvénile. Ce doit être une de ces mômes qui font le désespoir de leur famille. Impulsives, capricieuses, accumulant les couillonnades, mais avec tellement de gentillesse qu'on leur pardonne.

C'est tout de même unique, ça! C'est à peine pubère et ça possède un feu et ça vous le balade sous le pif d'un malheureux molesté professionnel, au point qu'on s'imagine visé. Elle manquait à ma collection, celle-là!

Je grogne :

— Qu'est-ce que vous avez à foutre d'un revolver? C'est pour protéger votre vertu?

— Oh! c'est le vôtre, avoue-t-elle, ingénument.

Complet! Elle le dépose sur un meuble, à côté d'un poste de radio portatif et d'un portefeuille ouvert qui ressemble furieusement au mien.

— Vous m'avez fouillé?

— Oui. Je suis curieuse de nature et je ne dédaigne pas le sensationnel. Quoiqu'il n'y ait rien de sensationnel à fouiller quelqu'un. Mais je voulais dire que ce sont des défauts nécessaires, pour le métier que je prépare.

— Quel métier?

— Journaliste.

Je ne fais aucun commentaire. Elle ajoute :

— Et puis, disons que c'était mon salaire de secouriste. J'ai entendu la bagarre. Je suis certainement la seule, à l'étage. Ça n'a pas fait beaucoup de bruit, mais je ne dormais pas. Quand je suis sortie dans le couloir, vous y étiez étendu. Seul. Je n'étais pas sortie immédiatement, vous comprenez? Alors, je vous ai attrapé sous les bras, comme j'ai pu, et je vous ai traîné jusqu'ici.

— Pour m'avoir en exclusivité, sans doute?

Elle rit :

— Voilà. Vous m'avez donné du mal, vous

savez? On ne croirait pas que vous êtes si lourd.

— Ah! c'est pour ça que vous êtes toute débraillée. Dans l'effort...

— Oh! non. Je suis toujours débraillée, comme vous dites. Chez moi et quand je suis seule, évidemment.

Elle se rend compte qu'elle ne l'est plus, rougit et se rajuste. Moi et mes observations inconsidérées, alors! Il est vrai que ma tête en a pris un tel coup qu'il n'y a rien de surprenant à ce que je déconne.

— Eh bien, merci de m'avoir secouru, mademoiselle... euh... comment vous appelez-vous?

— Suzanne Rigaud.

— Merci, Suzanne. Moi, c'est Nestor Burma, flic privé.

— Je sais.

— Oui, bien sûr.

Des crampes commencent à envahir mes guibolles et mon dos. J'essaie de me mettre debout, mais ça ne va pas tout seul. La môme se baisse pour m'aider. Secouriste. Soutenu par elle, la tiédeur de son corps se communiquant au mien, je boitille – un pied chaussé, l'autre en chaussette –, jusqu'au plumard sur lequel je m'assieds. La tête me tourne. Et derrière l'oreille, ça m'élance fichtrement. J'y porte la main et tâte une bosse qui semble grossir sous les doigts. J'ai également le menton douloureux. Je demande à Suzanne si elle n'a pas un peu d'eau pour une ou plusieurs compresses et un liquide moins insipide pour la gorge. Elle a les deux.

111

Au bout d'un moment, j'ai suffisamment récupéré pour pouvoir entamer une conversation sérieuse. J'interroge mon hôtesse sur Ditvrai, son collègue si j'ai bien compris. Auparavant, je lui ai servi un bobard quelconque pour justifier les incidents nocturnes. Elle ne sait pas grand-chose sur lui, et le connaît fort peu. Bonsoir, bonsoir, au hasard des rencontres, dans l'escalier ou le couloir. Ni liant ni serviable, le gars. Un jour, qu'ils descendaient ensemble, elle lui a demandé s'il ne pouvait pas la prendre à bord de sa Dauphine et la déposer où elle se rendait. Il a répondu qu'il regrettait beaucoup, mais que ce n'était pas sur son chemin.

Je rechausse ma godasse vagabonde et me lève. La tête me tourne encore, me fait toujours mal :

– Bon Dieu! Il m'a sonné avec un marteau!

– Presque. Avec ça. Je l'ai ramassé auprès de vous.

Suzanne me désigne un lourd cendrier de métal. De quoi tuer un bœuf.

– Son coup fait, il a dû se débiner, hein?

– Sans doute.

– On peut peut-être jeter un coup d'œil dans sa chambre. La porte a dû rester ouverte.

– En tout cas, je n'y ai pas touché.

– Allons-y.

Je prends mon pétard, des fois qu'il ait eu le culot de se coucher ou recoucher comme si de rien n'était. Mais non. Il n'est plus dans sa chambre, dont la porte est restée ouverte, ainsi que je l'ai supposé. La valise a également disparu, ainsi que, dans la penderie, quelques frusques. Des cintres vides en témoignent. A part ça, c'est la pagaille habituelle, déjà constatée lors de ma première visite. Suzanne fouine un peu partout, en véritable chien de chasse. Elle réussira, cette môme. Journaliste! Elle a des dispositions. Je farfouille aussi, bien entendu. A la recherche de je ne sais quelle indication concernant Rachel Blum et pourquoi pas, Samuel Aaronovicz. Au point où j'en suis... Disons tout de suite que je fais chou blanc. Franchement, le contraire m'aurait étonné. Des dossiers, sortis du classeur métallique, reposent sur un coin de la table. Il a dû les consulter récemment. Marqués chacun d'une ou plusieurs lettres de l'alphabet, ils sont bourrés de toute une documentation disparate, coupures de journaux, projets de reportages, etc. Ils ne m'apprennent rien. Pas plus qu'une vaste enveloppe bulle en recelant plusieurs autres plus petites, des vides et des pleines. Les pleines contiennent des photos de tous formats prises au cours de manifestations bien parisiennes : élection de la Pastourelle du Massif central; « la jambe la plus spirituelle »; « les yeux les plus diaboliques »; le prix Goncourt, etc. Sur l'une de ces photos, je reconnais, en me marrant, mon copain Marc Covet, du *Crépuscule*, en train de lever son verre en l'honneur d'on ne sait qui et en joyeuse compagnie. Cela m'amène à remarquer que Ditvrai ne figure sur aucune de ces épreuves. Il doit se ranger à part, dans un album familial quelconque. Mais je ne vois pas cet album et il n'y a nulle part aucune sorte de photo de lui. Il les a emportées. Comme il a emporté son gros revolver. Je ramasse, sur le divan, un dossier marqué B. B? Blum (Rachel)? Pourquoi pas Burma (Nestor)? Ou Baget (Frédéric)? Ou Belzébuth (Démon)? Il ne faudrait tout de même pas délirer. Ce dossier est vide. A part une petite coupure en piteux état, extraite du *Crépuscule*, justement.

LE KILOMÈTRE CARRÉ DU VICE?
LA LUTTE DES GANGS REPREND À SOHO
POUR LA ROYAUTÉ DE LA PÈGRE

Je me marre. Il en parle, dans son bouquin, Ditvrai, du « kilomètre carré du vice », le quartier français, je crois, de Londres. Je ne me suis pas trompé en supposant qu'il confectionne ses reportages à coups de ciseaux, de colle et de visites aux archives des confrères.

Bon. Ça ou rien... Chou blanc, comme j'ai déjà dit. Ce n'est pas fait pour me rebecter. Je me sens de plus en plus flagada.

De retour chez Suzanne, je ne m'assieds pas sur le plumard, cette fois. Je m'y allonge. Enfin... je crois. Il est possible que je me sois endormi, rien qu'en l'apercevant.

Lorsque je m'éveille, il fait grand jour. Je me demande tout d'abord où je suis, et puis ça me revient. La chambre de Suzanne... Ditvrai aussi me revient. C'est-à-dire que le gars lui-même ne me revient pas, mais son souvenir n'est pas près de me sortir de la tête. Tant qu'elle m'élancera à ce point... Je rejette la couverture sous laquelle j'ai dormi tout habillé – sauf ma cravate et mes

114

chaussures qu'on m'a enlevées –, et me mets sur mon séant. J'aperçois Suzanne debout à mon chevet. Elle porte une jupe écossaise et un pull-over qui lui moule agréablement le buste. Ses tifs forment une queue de cheval et son teint est frais, mais ses yeux sont rougis. Elle n'a pas dû roupiller beaucoup.

– Oh! bonjour, je fais.

– 'jour. Vous allez mieux?

– On dirait.

– Vous avez bien dormi?

– Je crois. Excusez-moi, hein? Je n'ai pas été trop encombrant?

– Vous avez ronflé comme un sonneur.

– Le sonneur sonné.

Elle rit :

– Oui. Et ronfler est le mot exact.

– Ah oui?

– Mais ça ne m'a pas gênée.

– Eh bien, tant mieux. Quelle heure est-il?

– Bientôt midi.

– Fichtre. Faut quand même pas que j'abuse, hein? Si vous le permettez, je vais me passer un peu d'eau sur le portrait et puis je m'en irai. Mais je voudrais encore vous demander un service.

– Oui?

– Surveillez Ditvrai et dès qu'il rapplique, avertissez-moi. A moins qu'il ne soit rentré...

– Non. Et il ne va pas rentrer de sitôt. J'ai appris par la femme de chambre qu'il a téléphoné dans la matinée. Il a dit qu'il avait été obligé de partir précipitamment en voyage et qu'on lui garde sa chambre, comme d'habitude. A propos

115

d'habitude, il paraît que c'est souvent qu'il fiche le camp comme ça, à l'improviste.

Je ricane :

— Chaque fois qu'il a assommé quelqu'un, peut-être.

— Peut-être. Toutefois, jamais il n'est parti de nuit et aussi rapidement, sans crier gare. C'est pourquoi il a téléphoné, sans doute. Ah! autre chose. Des inspecteurs de police sont venus demander après lui.

Ça, ce doivent être les poulets de grain à Faroux, mâtinés carabiniers d'Offenbach.

— Quelle histoire, hein?

— Oui.

— J'ai préparé du café. Vous en voulez?

— Avec plaisir. De toute façon, quand Ditvrai rentrera, s'il rentre, que ce soit dans un mois, dans un an, comme dit l'autre, avertissez-moi.

— D'accord.

Je me lève, me débarbouille et bois deux tasses de jus. Pendant ce temps, elle me raconte sa vie, Suzanne. Ses ambitions, surtout. Devenir une journaliste célèbre. L'Albert Londres en jupons volantés et sans la barbouze. Elle a suivi les cours de l'école des journalistes, puis elle a laissé tomber et elle essaie de se débrouiller toute seule, de-ci, de-là. Mais c'est durillon.

— Ce qu'il vous faudrait, pour vous imposer, c'est un papier sensationnel, n'est-ce pas?

— Bien sûr.

— Et vous croyez le tenir presque, hein?

— Moi?

— Mais z'oui. Allez, mon petit. Je lis dans votre

116

jolie petite tête comme si votre voisin l'avait ouverte à coups de cendrier. Ce n'est pas sale, ce qui s'est passé ici cette nuit. C'est un fait divers inédit. Et mystérieux, sinon sensationnel. Avec un flic privé au milieu, comme dans les romans. Ça m'étonnerait que vous n'ayez pas déjà tartiné quelques pages dessus, tandis que je pionçais. Écoutez, Suzanne. Personne n'en voudra, de votre salade. Il y a un reporter dans le coup et il n'a pas le beau rôle. Ces mecs-là, ils se soutiennent. Ils ne vont pas mécaniser un confrère. C'est contraire à la règle établie. Moi, je vous conseille de rester tranquille. De ne raconter à quiconque ce que vous avez vu, ce que vous avez pu deviner, de ce qui s'est passé cette nuit, dans un paisible hôtel de la paisible île Saint-Louis. Et, franchement, ça ne ferait pas mon blot, que vous bavardiez. Alors, bouclez-la. Et quand l'affaire sera cuite, je vous mettrai en cheville avec Marc Covet, du *Crépuscule*, et vous débuterez à la une, avec signature et le toutime, foi de Nestor Burma.

Il est treize heures et quelques, lorsque, au volant de ma Dugat (que je suis allé récupérer à la Bibliothèque de l'Arsouillenal), j'arrive aux bureaux de l'Agence Fiat Lux, mézigue directeur et principal actionnaire (du mot « action » : manifestation d'une énergie). Hélène, ma secrétaire, est en train de se faire un raccord aux lèvres.

– Enfin, vous voilà! s'exclame-t-elle. Mon Dieu! d'où sortez-vous?

Je désigne mes vêtements fripés :

– Pas du pressing.

— Je le vois bien. Je commençais à m'inquiéter. Ça va faire un jour plein que vous êtes parti. Faroux a téléphoné plusieurs fois.

— Que veut-il?

— Pas dit. Et vous? Vous le dites, à votre petite Hélène chérie, ce qui vous est arrivé? Car il vous est certainement arrivé quelque chose?

Je la mets au courant. Nous entreprenons ensuite l'exégèse de ma nuit, mais sans aboutir à rien de fameux. Les seuls faits positifs sont les suivants : Rachel Blum est morte assassinée. Jacques Ditvrai connaissait la juive et il a filé, après avoir appris sa mort. Non sans avoir réfléchi et pris tout son temps, et après une entrevue avec un type qu'il a suivi hors de l'hôtel, mais lorsqu'il a eu décidé de filer, plus rien ne pouvait le retarder et malheur à qui se trouvait sur son passage. (Je tâte ma bosse.) Indépendamment de tout ça ou lié à, les barbeaux qui recherchent un casquettier nommé Samuel Aaronovicz.

— Cette histoire de barbeaux, dit Hélène, ça n'est pas un peu farfelu?

— Je soupçonne Dédé de ne pas m'avoir tout dit. Mais je crois avoir assez bien compris sa position. Lui et ses copains, ils ont attiré l'attention des flics par leurs allées et venues, leur implantation dans le quartier qui n'est pas le leur, Dédé profite alors de ce qu'un détective privé lui tombe sous la main pour se décharger sur lui de sa besogne ingrate. Après avoir, peut-être, soupçonné ce détective de chasser le même gibier que lui. Mais j'ai dû, à ce sujet, lui fournir tous apaisements. Alors, il m'embauche. Je suis per-

118

suadé qu'ils n'avaient pas le choix. Il leur fallait :
ou continuer leurs maladroites recherches et,
pour ainsi dire, les dévoiler aux flics qu'ils allaient
avoir constamment sur le dos, ou abandonner ces
recherches. Pour qu'ils me mettent dans le coup,
il faut que la retrouvaille d'Aaronovicz présente
une haute importance.

Hélène en convient, mais ça ne nous dit pas si
la juive morte et le casquettier fantôme sont liés
par autre chose que des affinités ethniques.
Là-dessus, je me rase, change de frusques, bois un
verre et appelle Faroux :

— Ah! vous voilà! fait-il. Qu'est-ce que vous
mijotez?

— Que voulez-vous que je mijote?

— Oh, rien, rien. Bon Dieu de bonsoir! ne
mijotez surtout rien.

— Alors, soyez satisfait. Et vous?... Où est-ce
que vous en êtes? Vous avez identifié la fille?

— Oui. Pouvez venir au 36?

— Si vous voulez.

Ils ont identifié la morte. Au poil. Ça m'évitera
de parler à Faroux de mes entrevues avec Ditvrai.

— Salut, Burma, dit Faroux. Asseyez-vous. Bon
sang! qu'est-ce que vous avez foutu, depuis hier
tantôt?

— Pas plus.

— Vous paraissez pompé, pourtant.

— Elle a vingt-trois ans.

— Ah! C'est pour ça que vous n'étiez ni à votre
bureau ni chez vous, hein?

— Je livre à domicile, depuis quelque temps. Qu'est-ce que vous me vouliez?

— Rien de particulier. Mais j'aime bien savoir où vous êtes, de temps en temps. Surtout les jours où vos copains trouvent, à leur réveil, un macchabée dans leur appartement. Ne me dites pas qu'après mon départ du quai d'Orléans, hier, votre Baget ne vous a pas embauché, hein? S'il n'en a pas eu l'idée, vous avez dû la lui suggérer.

— Quel flair! Il m'a embauché, en effet.

— Qu'espère-t-il?

— Qu'à plusieurs ça ira plus vite. Il estime que plus on sera nombreux à travailler sur ce mystère, plus vite le mystère sera élucidé. Et plus vite le mystère sera élucidé, moins le scandale aura des chances de transpirer.

— Hum... Vous avez commencé votre enquête?

— Sur quelles bases? J'en sais certainement moins que vous. A peine embauché, je suis allé... me débaucher.

— Ouais. J'aurais voulu que vous me parliez un peu de ce Baget, hier. Chez lui, en sa présence, c'était délicat. C'est en partie pour ça que j'ai essayé de vous joindre au téléphone. Vous comprenez, je veux bien y aller mou, mais encore faut-il que le bénéficiaire en soit digne. Dans l'impossibilité où j'étais de vous joindre, j'ai pris mes rencards ailleurs. Ce n'est pas un type trop mal, ce peintre. Relations nombreuses et irréprochables... semble honnête... s'il se soûle, ne se drogue pas... etc. Il y a quand même au tableau, si j'ose dire, une petite ombre emmerdante.

– Laquelle?

– Il a été collabo.

– Oh! collabo! Petit collabo. Et encore. Il cotisait à un groupe. C'est tout.

– Il n'a pas été S.S.? ou Waffen S.S.? Enfin, ces formations militaires nazies recrutant des Français?

– Je n'en sais rien, mais ça m'étonnerait.

– Mais il aurait pu connaître des S.S.?

– Ça aussi, je l'ignore.

Faroux ouvre un tiroir. Il en sort un lourd poignard, muni d'une étiquette, qu'il balance sur le sous-main :

– Vous connaissez l'allemand?

– Quelques mots.

– Regardez ce qui est gravé sur la lame. Elle n'est pas très propre, mais l'inscription se déchiffre assez bien. Vous pouvez manier l'objet sans précaution. Le labo en a fini avec lui.

Je prends le poignard, une arme redoutable, au manche trapu et à la lame hostile :

– Voyons... je comprends deux mots... *honneur*.... *fidélité*... C'est la devise de la Légion, n'est-ce pas?

– Le texte complet est : *Mon honneur se nomme fidélité*. Et c'était la devise des S.S.

– C'est un poignard S.S.?

– Oui...

Il ajoute, mais il y a longtemps que j'ai compris :

– On l'a utilisé récemment. Contre notre juive.

— Comment trouvez-vous le bouillon? demande Faroux, rompant le silence qui s'est établi entre nous, un silence aussi lourd que le poignard nazi.

— Un peu brun. Où vous êtes-vous procuré cet outil?

— Chez un copain de Baget. Un de la liste des invités.

— Ex-collabo aussi?

— Non. Celui-là, c'est un résistant éprouvé.

— Voyons... je ne comprends pas. Vos insinuations sur le collaborationnisme de Baget ne préparaient-elles pas l'annonce de ce poignard... l'arme du crime... si c'est bien l'arme du crime...

— C'est l'arme du crime. La lame s'adapte parfaitement à la blessure et aux trous faits dans les vêtements.

— ... Que ce poignard, donc, appartenait à Baget et qu'en conséquence il était coupable du meurtre de la juive?

— Je ne voulais rien dire de semblable...

Tu parles!

— Je vous présente les faits, les faits troublants, c'est tout. Baget est un ancien collabo et Rachel Blum une juive. Parce qu'elle s'appelle Rachel Blum...

— Rachel Blum?

— Oui. Ça vous rappelle quelque chose?

— Pas Léon, feu le socialiste président du Conseil, comme vous pourriez le croire. J'ai connu une Rachel Blum, avant-guerre. Évidemment, ce n'est pas celle qui nous occupe. Elle était parente d'un de mes copains, Samuel Aaronovicz. C'est peut-être la même famille.

Si ce Samuel est connu de la police en quoi que ce soit, Faroux va sauter sur l'hameçon et me demander des explications. A tout le moins, il tiquera. Il ne tique pas, ne saute sur rien. Il se met à rigoler :

— Coucher avec des jeunesses ne vous réussit pas. Vous êtes gâteux ou quoi? Qu'est-ce que j'en ai à foutre, de votre Blum, ou Aarontruquenfeld? Mais ils s'appellent tous comme ça, dans la tribu.

— C'est juste. Et aussi Lévy ou Bloch. Kif-kif chez nous Dupont-Durand. On reproche aux Lévy de vouloir changer de nom. Mais c'est normal. Ça vous plairait, à vous, de figurer sur dix colonnes dans l'annuaire?

— Cessons de débloquer. Je vous disais donc que Baget étant un ancien collabo et Rachel une juive, ça pouvait ne pas gazer, entre eux...

— Et alors Baget tue Rachel, avec un poignard dont lui a fait cadeau, sous l'Occupation, un S.S. de ses copains, et confie l'arme du crime à un résistant, également de ses copains, devenu anti-sémite depuis la Libération. Vous ne vouliez pas qu'on cesse de débloquer?

— Je vous expose les faits. Le résistant dont je vous parle, l'ami de Baget, chez qui nous avons trouvé le poignard... – il nous l'a remis spontané-ment, dès qu'il a compris qu'il s'agissait d'un meurtre – ne le tenait pas du peintre. Il l'a ramassé dans le caniveau, devant la maison du quai d'Orléans, lorsqu'il a quitté la réunion bachique. J'oubliais de vous dire que le médecin légiste se range à votre hypothèse, en ce qui concerne le processus de la mort de Rachel Blum. D'après l'autopsie, il y a des chances pour que la victime ait été frappée dehors... (Qu'y faisait-elle? Elle avait dû descendre prendre l'air. Elle était pompette. Son estomac contenait pas mal d'alcool.) Frappée dehors, donc... et qu'elle ait eu le temps de remonter chez Baget. Pour y mourir. Dans ces conditions, nous pourrions avoir affaire à un crime de rôdeur. Seulement, un rôdeur qui tue une juive à l'aide d'un poignard nazi, moi, ça me donne à réfléchir.

— Moi, ce qui me donne à réfléchir, c'est que l'assassin ait abandonné son arme. Comme s'il voulait faire croire à un règlement de comptes particulier.

— Peut-être. En tout cas, c'est une affaire bien compliquée.

— Vous en connaissez de simples?

— Celles où vous n'êtes pas mêlé. Voilà, Nestor Burma. J'ai tenu à vous mettre au courant de la tournure prise parce que je me suis douté que Baget vous avait embauché. Pas de bêtises, mon vieux. Ne vous laissez pas entraîner par votre bon cœur. Si votre client n'est pas blanc, laissez tomber.

— Ça va. J'irai mou. On dirait que c'est le mot d'ordre, hein? Et vous?

— J'irai mou aussi. Pour le moment, il n'y a pas de raison de changer de tactique.

— Vous continuez à éplucher les invités de Baget?

– Oui...

Il ricane :

– Et Baget, également. En douce. Mollo.

– Et le propriétaire du trench-coat?

– Le sieur Ditvrai? Nous sommes allés chez lui. Absent. Peu après, le bureau de l'hôtel nous a téléphoné. Paraît qu'il est parti en reportage. On attendra son retour.

Ça aussi, ça a l'air de lui donner à réfléchir. Comme à moi le fait que le journaliste ne soit pas entré en rapport avec les flics, comme je le lui avais plus ou moins conseillé.

Faroux se lève. L'audience doit l'être aussi.

– Vous avez fait fissa, pour identifier cette fille, dis-je. Elle était fichée ici?

– Non. Un coup de bol. Ses parents se sont inquiétés de son absence prolongée et l'ont signalée au quai de Gesvres, en fin d'après-midi, hier. Dès que nous l'avons su, nous les avons mis en présence du corps. Ils l'ont reconnu. Mais ça s'est arrêté là.

– Comment leur avez-vous expliqué...

– Nous y sommes allés mou. Nous leur avons parlé d'un crime de rôdeur.

– Qu'est-ce qu'elle faisait, dans l'existence, cette fille?

– Rien d'extraordinaire. Rien qui puisse nous aider. Elle travaillait chez ses parents. De modestes artisans de la rue des Rosiers. Des fabricants de casquettes. Il n'y a que ça, dans le ghetto. Des casquettiers, des tailleurs, des marchands de tissus.

CHAPITRE IX

Dans l'escalier de la P.J., un vertige me submerge. Si je ne me retenais pas à la rampe, je dégringolerais la tête la première.

Ce n'est pas ce que je viens d'apprendre qui est la cause de ce malaise. Comme le dit si bien le commissaire, des casquettiers, rue des Rosiers, il n'y a que ça. Davantage, en tout cas, que des rosières un peu plus loin. Que Rachel Blum et le type recherché par la bande à Dédé aient exercé une profession commune ne constitue ni une révélation sensationnelle, ni une piste, ni un début d'éclaircissement. Non. Si tout chavire autour de moi, c'est que je touche les intérêts des gnons que m'a assenés Ditvrai.

Je lutte contre l'envahissant cirage, parviens à me requinquer et je sors de la Tour Pointue sans avoir attiré l'attention sur mon état. Je rentre au bureau sans anicroche. Ce n'était qu'une fausse alerte.

Je mets Hélène au courant de mon entrevue avec Faroux. On en discute un peu, puis j'attrape le téléphone et j'appelle successivement Baget et

Suzanne. Au premier, je dis que tout va bien, qu'il ne s'en fasse pas. Tu parles! Je lui demande, innocemment, des tuyaux sur Ditvrai, mais il ne peut m'en fournir beaucoup. A Suzanne, je ne dis rien, pour l'excellente raison qu'elle n'est pas chez elle. Je n'avais pas besef à lui dire, d'ailleurs. Bonjour, merci encore, c'était à peu près tout.

— J'ai relevé, dit Hélène en me tendant une liste, les Aaronovicz de l'annuaire...

— Le nôtre ne doit pas y figurer. Dédé aurait déjà mis la main dessus...

J'écarte la liste. Mon geste déclenche dans mon ciboulot des ondes de souffrance :

— Ça ne va pas fort, ma choute. Je suis vraiment mal fichu. Il n'est que dix-sept heures, mais je crois que je vais aller me pieuter. Demain, il fera jour.

Je me couche, lesté d'une demi-douzaine de cachets d'aspirine. Avant de m'endormir, je dépouille la presse du jour, éditions du matin et du soir. Rien sur l'île Saint-Louis, comme convenu avec Faroux. On ne mentionne même pas que des parents, inquiets, n'ont eu qu'à signaler, au bureau des recherches dans l'intérêt des familles, l'absence insolite de leur fille, pour être mis aussi sec en présence de son cadavre. Les gars du quai de Gesvres n'étaient certainement jamais allés aussi vite. Mais on tait ce record.

Je pique un coup de sang en lisant le papier relatif à un certain Kacem Kéchir, un Arabe qui vit à Paris depuis trente ans, mais qui a conservé des idées d'un autre monde. Il a tué son gendre parce que celui-ci, hospitalisé, avait laissé la fille du Kéchir seule à la maison pendant une semaine. Il paraît que c'était hontable, déshonorant complet, contraire absolument aux traditions ancestrales. Résultat : quinze ans de durs au Kéchir, malgré que sa fille soit venue à la barre implorer l'indulgence du jury. Quelle andouille! Je parle du père. « Mon honneur se nomme conceté », comme dit, ou à peu près, le S.S. de service. Au diable, ce musulman! Il n'est pas le seul du genre. Dans le même canard, je lis qu'une môme de la bourgeoisie s'est suicidée parce que sa famille voyait d'un sale œil les relations qu'elle entretenait avec un jeune citoyen de la pointure sociale au-dessous.

Tout cela m'énerve, n'améliore pas mon mal de crâne, me flanque même un peu de fièvre. J'envoie balader les journaux, me tape trois aspirines supplémentaires, me tourne sur le côté et m'endors, écœuré, réceptacle idéal pour rêves rose tendre.

Une lumière glauque, une lumière d'aquarium nimbe la place des Vosges. Sous les arcades qui la ceinturent, des ombres furtives se devinent. Un vieillard sort d'une maison à façade rose. C'est Victor Hugo, avec barbe et tout. Il passe près de moi et murmure : « Tu peux tuer cet homme avec tranquillité. » Je ricane. Un petit rhugolo, ce Victor. Il disparaît. Je ricane toujours. Une voix dit : « Juliette Minou Drouet. » Je gagne le square central, m'accote aux grilles. D'où je suis, je distingue nettement les visages de certaines des silhouettes qui se tiennent chacune sous une arcade, comme des statues dans leurs niches. Je reconnais Rachel Blum, Suzanne Rigaud, Jacques Ditvrai. Les deux autres ombres ont, en guise de figures, des taches estompées, floues, mais je sais que le premier personnage est un Arabe du nom de Kéchir et le second un juif appelé Aaronovicz. Une étrange agitation ne tarde pas à se manifester. Deux flics, surgis on ne sait d'où, empoignent l'Arabe et l'entraînent, vociférant. Je m'aperçois alors que Rachel et Suzanne ont disparu. Exactement, se sont transformées en une troisième femme inconnue, mais qui est un mélange d'elles deux. L'un des flics est revenu. (Si tant est qu'il soit jamais parti.) Il me regarde en riant d'un atroce et intolérable rire silencieux. Il me tend la main, paume en l'air. Je vois qu'y reposent un poignard S.S. et une étoile jaune en tissu. Une de ces étoiles dont les autorités d'occupation avaient rendu le port obligatoire à tout juif. Je crois comprendre que Kéchir a tué l'inconnue (c'est-à-dire Rachel-Suzanne), en vertu de « traditions ancestrales ». « Un Arabe-Juif, ça ne va pas ensemble », dit le flic. Et il se met en colère, parce que je réponds : « L'étoile et le poignard non plus. » A partir de là, il semble que le flic ne me laissera partir que si je fournis certaines explications. J'appelle Ditvrai. Maintenant, sur la place des Vosges (qui n'est d'ailleurs plus tout à fait la place des Vosges), il n'y a que Ditvrai, le flic et moi. Ditvrai s'approche, s'il se porte garant pour moi, le flic me laissera aller. Mais Ditvrai fait celui qui ne m'a jamais vu. Fou de colère, je lui assène un coup de cendrier sur la tête. Une borne d'appel de police-secours germe du sol et une sonnerie stridente retentit.

Je m'éveille. La sonnerie du téléphone retentit toujours. J'allume la lampe de chevet et consulte ma montre. Minuit. Je décroche et bâille :

— Allô.

— Je viens voir où vous en êtes, dit l'impatient Dédé.

— Pas plus loin. J'ai eu un léger accident de voiture qui m'a empêché de m'occuper de votre affaire aujourd'hui même. D'ailleurs, c'est aussi bien.

— Vous laissez choir?

— Non, mais j'ai réfléchi. Je comprends quand même certaines choses. Si vous avez attiré l'attention des flics en recherchant vous-même Samuel Aaronovicz, il vaudrait peut-être mieux attendre que leur vigilance se relâche. Un ou deux jours. Ça peut bien attendre un ou deux jours, non?

Il se range à mes raisons et clôt la conversation sur l'invitation habituelle à ne pas le doubler. « Soyez régule. » Je raccroche, en oubliant de lui demander, de façon que je ne perde pas de temps à les revoir moi-même, quels sont les habitants de la rue des Rosiers qu'il a déjà interrogés. Tant pis.

Je me lève, vais me rincer les amygdales et me refourre au lit, la pipe au bec. Ces six heures de sommeil m'ont fait du bien.

Je songe à mon songe. Brave Kacem Kéchir, va! Lui et sa connerie ancestrale! Ce rêve, par lui provoqué, a libéré de mon inconscient une pensée qui y mijotait.

« Vous croyez que je voulais en faire de la confiture, de Rachel? avait ricané Ditvrai. Seulement, ces juives, elles ont de ces préjugés de race... Moi, je ne suis pas raciste. »

D'autres pouvaient l'être. Dans l'entourage de la jeune fille. Parents ou amis. Le flirt entre la juive et le journaliste peut avoir choqué un coreligionnaire exalté de Rachel, qui a alors décidé de punir la « renégate ». Sachant qu'elle doit suivre Ditvrai à une soirée, il rôde autour de l'atelier de Baget. (Il doit savoir également que c'est là que ça se tient.) Lorsqu'elle sort prendre l'air, il la frappe. Peut-être pas dans l'intention de la tuer. Simplement à titre d'avertissement. Puisque je suis dans les suppositions, je peux supposer qu'il a été peut-être surpris lui-même de son acte, accompli sous l'emprise de la colère, au cours d'une prise de bec. Affolé, même. Et que le poignard lui a échappé des mains, est tombé dans le caniveau. Où il l'a laissé. Seulement, ainsi que je l'ai remarqué dans mon rêve : « Un juif et un poignard nazi, ça ne va pas ensemble. » À moins que ce ne soit un trophée de guerre. Faucher un poignard à un S.S. pour un juif, ça pouvait être excitant.

A Ditvrai, maintenant.

Je lui apprends l'assassinat de Rachel et il en bave. Il se peut qu'il raisonne comme je viens de le faire. La frousse s'empare de lui. Ceux qui ont châtié Rachel de son flirt avec lui vont venir lui faire subir le même sort. Alors, il fout le camp. Mais, sapristi, pourquoi si tardivement et pourquoi si vite? Pour me traiter comme il m'a traité, au lieu de discuter posément avec moi? Je m'étais nommé. Il savait qui j'étais. Il avait un train à prendre? Un train qui n'attendait pas? Pas à cette heure-là, voyons. Il est vrai que s'il a eu la trouille au point de s'imaginer qu'après Rachel c'était à son tour d'y passer, il n'était plus dans son état normal. Quand je pense qu'il a même emporté toutes ses photos (il devait en avoir), comme un qui craint que le moindre portrait puisse le faire retrouver. Vraiment, pour un journaliste glotte-trotter (*sic*) qui écrit des bouquins sur les copains d'Al Capone! Et qui dit les avoir fréquentés! Enfin!

Je repasse tout ça dans mon ciboulot. Même si je ne bats pas la campagne, c'est loin de tout éclaircir, mais, tout de même, je ne suis pas mécontent de moi. C'est extraordinaire. On écha-faud des théories, on s'extasie presque sur sa propre agilité d'esprit et on ne s'aperçoit pas qu'on passe à côté de l'évidence qui vous crève les yeux.

Pas mécontent de moi, donc – alors qu'il n'y a pas de quoi –, je vide ma pipe, éteins et me rendors.

CHAPITRE X

A midi, Hélène me téléphone :
— Comment allez-vous? demande-t-elle.
Sa voix vibre étrangement.
— Comme ça. Je crois que je vais soigner mes
gnons et me reposer aujourd'hui et demain.
— Vous pourriez peut-être profiter de vos loisirs
pour étudier l'affaire Saul Bramovici.
— Pourquoi pas Joanovici, aussi? Merci, chérie.
Aaronovicz me suffit.
— Et si les deux n'en faisaient qu'un?
— Quoi?
— Oui, m'sieu.
— Joanovici et Aaronovicz?
— Non. Bramovici et Aaronovicz.
— Vous n'êtes pas tombée sur la tête?
— C'est la vôtre, de tête, qui ne fonctionne pas
bien. Évidemment, à force d'être bosselée... Mais
je m'étonne quand même que vous n'ayez pas
établi le rapprochement.
— Quel rapprochement?
— Entre Bramovici, le roi déchu de Soho, en
fuite, et l'Anglais escortant Dédé. Je peux venir
vous faire part de mes cogitations?

Une demi-heure plus tard, elle est là, pas mal surexcitée, un paquet de journaux sous le bras :

— Vous savez de quoi et qui il s'agit, n'est-ce pas? fait-elle. Bramovici ou Abramovici, on n'est même pas d'accord sur son nom...

— Oui, dis-je. C'est vieux de plusieurs semaines...

— Vous voulez dire de plusieurs années.

— Mais le rebondissement ne date que de quelques semaines... Je suppose que ces canards, que vous tenez là, sont ceux parus à cette époque?

— Oui. Je les ai apportés pour vous rafraîchir la mémoire, si nécessaire.

— Ce ne le sera pas. Je suis au courant. En gros. Comme tout le monde. Il y a d'abord Josiah, le roi de Soho, comme on l'a appelé, personnage mystérieux qui régnait sur la pègre londonienne. Trafic en tout genre : drogue, jeu, prostitution, etc. Jacques Ditvrai en parle dans son reportage *Les fantômes d'Al Capone*, et j'ai trouvé chez lui une coupure de presse, faisant certainement partie d'une documentation plus importante, relative à la rivalité des gangs anglais. C'est à l'issue de cette lutte, moche pour lui, que Josiah a perdu son « trône » et a dû fuir. D'accord?

— Oui. Depuis on ignore ce qu'il est devenu.

— Mais un de ses complices, son bras droit, qu'il a blousé, a mangé le morceau. Il a révélé que le mystérieux Josiah — on ne lui connaissait pas d'autre nom — n'était autre que Saul Bramovici...

— Ou Abramovici.

– Et celui-là...

– ... Est bien connu de toutes les polices, soit qu'il ait eu maille à partir avec certaines d'entre elles, soit qu'il ait été l'agent d'autres, complète Hélène.

Elle choisit un journal parmi sa collection :

– Voici son *curriculum vitæ*. À la déclaration de guerre, il réside à Paris. C'était déjà un individu douteux, aux moyens d'existence mal définis. Ou trop. Arrive l'Occupation. Au lieu de fuir – il n'est pas démuni d'argent –, il reste à Paris et alors que ses coreligionnaires sont astreints au port de l'étoile jaune – en attendant mieux, si j'ose dire –, il trafique avec les nazis et est *persona grata* auprès d'eux. On l'accuse d'avoir appartenu à une filiale de la Gestapo et de lui avoir même livré des juifs avec lesquels il était en différend. Et toutes ces félonies lui rapportent. C'est un collabo de l'espèce la plus basse. Pas par idéologie. Pour le fric.

– Un de ces collabos qu'on ne fusille pas, quoi!

– Si vous voulez, mais il n'en a peut-être pas été loin. Parce que, en 44, une fois les Allemands partis, il reste à Paris...

– Décidément, Paris lui plaît!

– On dirait. Il tente de se faire passer pour victime, résistant, etc. Double jeu et couplet habituel. En guise de gages, il dénonce même quelques-uns de ses copains de la Gestapo, qui n'ont pu fuir, se cachent, sont pris et exécutés. Mais sa manœuvre fait long feu. Il va être arrêté par la police française, lorsqu'il réussit à s'échapper. Il sombre, s'engloutit dans les ténèbres. D'après John Hutchins, le complice lésé de Josiah, Bramovici, à ce moment, gagne l'Angleterre. Puis voyage pas mal. John Hutchins assure qu'au cours de la crise arabo-judéo-britannique, il aide les Anglais à combattre l'organisation terroriste sioniste Irgoun. On lui doit la capture de Sarah Moyes, la jeune « bombiste » de seize ans, qui avait donné tellement de fil à retordre aux soldats de Sa Gracieuse Majesté. À partir de là, il y a un trou de plusieurs années. On ne parle plus de Bramovici. On se demande même s'il n'est pas mort. Pas du tout. Il est bien vivant, s'est installé en Angleterre, et organise la pègre londonienne selon de profitables méthodes, puisque, sous le nom de Josiah, il a la haute main sur tout ce qui se commet d'illicite à Soho et ailleurs. Mais il en prend tellement à son aise, aussi bien avec ses rivaux qu'avec ses associés, que la bagarre qu'il déclenche se retourne contre lui, et qu'il lui faut une nouvelle fois fuir s'il veut sauvegarder sa peau. Et c'est lorsqu'il a disparu, envolé pour on ne sait où, que John Hutchins, son lieutenant, qu'il a dû laisser en plan, lance sa bombe, avec preuves à l'appui : Josiah n'est autre que Saul Bramovici.

— Oui. Et alors?

— Alors? Eh bien, je ne sais pas, moi, mais enfin... Bramovici, caïd de Londres, disparaît. Presque en même temps, à quelques semaines près, des truands parisiens, accompagnés d'un de leurs collègues anglais, recherchent un certain Aaronovicz. Moi, je dis...

136

– Que cet Aaronovicz est Bramovici?

– Pourquoi pas?

– Parce que vous vous imaginez que Bramovici est venu se réfugier à Paris?

– C'est une ville qui semble lui plaire. Vous l'avez remarqué vous-même. Il doit y avoir des attaches.

Je souris :

– Réfugié à Paris et, plus particulièrement, dans ce qu'on appelle le ghetto? Rue des Rosiers, du Roi-de-Sicile, Pavée, etc.?

– Pourquoi pas?

Je secoue la tête?

– Si je me souviens bien, un journal vaguement antisémite avait avancé l'hypothèse que Bramovici irait se réfugier en Israël. Un autre canard a répondu que c'était une supposition qui ne tenait pas debout. Bramovici a aidé les Anglais dans leur lutte contre l'Irgoun. Il a fait capturer Sarah Moyes? S'il débarque en Israël, il est cuit. On le pendra. Vous pensez ainsi ou différemment?

– Je pense ainsi.

– Rue des Rosiers, c'est du kif. Bramovici a livré des juifs à la Gestapo. Il y en a qui doivent se souvenir.

Hélène se mordille les lèvres :

– Oui, bien sûr. N'empêche... n'empêche que la présence d'un Anglais auprès de votre Dédé donne à réfléchir.

Je soupire :

– S'il n'y avait que ça, qui donne à réfléchir!

Un peu plus d'un jour de repos – et de réflexion

– me suffit. Pour le repos, ça va. Je suis relativement d'attaque. Mais les réflexions ne m'ont pas mené loin. Toutefois, j'ai arrêté une tactique. Celle dite du pavé dans la mare.

C'est vers quatre heures de l'après-midi, le lendemain, que je prends le chemin de la rue des Rosiers.

Le modeste atelier familial où l'on fabrique des casquettes est bien là où m'a dit Ditvrai. Dans l'immeuble que l'on aperçoit depuis l'autre bout de la rue des Écouffes. Une plaque émaillée, plus très jeune, fixée contre un des piliers de la porte cochère, entre deux reproductions de pochettes de disques hébreux du fantaisiste Dave Cash – en vente à côté –, et payables également cash, sans doute, indique qu'elle se trouve dans la cour. Je me place de façon à embrasser cette cour d'un regard. Derrière des vitres poussiéreuses, je distingue confusément des silhouettes au travail. Quelque part, un chien aboie. Il déboule dans la cour, faisant irruption par un escalier d'angle. Tout à la joie de se dégourdir les pattes, il en lève une sur une roue de la bagnole garée là, recouverte, en guise de housse, de quelques couvertures de cheval à la réforme. Puis, il disparaît.

Je me dirige vers la rue Vieille-du-Temple, sans me presser, regardant partout, tout et tous. Je cherche un bistrot et n'en trouve pas. Vers la rue François-Duval et la rue Pavée, j'en ai bien avisé deux, mais ils ne m'intéressent pas. Ils sont tenus respectivement par un Tavernier et un Laroussinie. J'aimerais un bistrot dont le proprio s'appellerait Abraham ou Cohen. Ça a l'air rare. *Gol-*

denberg est un restau très chic. Je le dédaigne.

A l'angle de la rue des Hospitalières-Saint-Gervais, une nombreuse marmaille s'ébat. Juive ou pas, elle crie, rit, bavarde, avec un indiscutable accent de Paname.

Je descends du trottoir étroit pour ne pas déranger, dans leurs palabres chuchotées, deux vieux juifs à chapeaux ronds (ce n'est pas l'exclusif apanage des Bretons), tifs longuets, barbouzes de prophète et pardingues crasseux.

Après un portail de bois de guingois, derrière lequel on remue des poubelles, une vieille femme, en vitrine, plume et prépare des volailles, vraisemblablement selon des rites qui m'échappent.

Certaines fenêtres des rez-de-chaussée sont garnies de barreaux. Aux étages, du linge est étendu, un linge pauvre, en piteux état.

Toutefois, ça ne respire pas la misère. Elle existe, certainement, mais ce n'est pas elle qui requiert d'abord l'attention. Je m'imagine peut-être, mais l'atmosphère qui règne, en dépit du vacarme joyeux des enfants, des types très ordinaires qui s'interpellent d'un trottoir à l'autre, en langue étrangère, serait plutôt celle d'une malédiction ancestrale. Ça vient sans doute de ce qu'on appelle ça, improprement, à mon avis, le ghetto. Le mot évoque des images sinistres. Le ghetto! Un ghetto bien libéral. D'où il est facile de prendre son essor. Symbole? Du métro Saint-Paul, à côté, on est, en huit stations, aux Champs-Élysées. Beaucoup de juifs ont fait le voyage, qu'on a rarement revus par ici.

Je fais, en flânant, deux ou trois fois l'aller et

retour, de la rue Vieille-du-Temple à la rue Pavée, puis je me décide.

Juste en face de la boucherie cachère *Adolphe* – comme Hitler –, et un peu avant d'arriver au restaurant oriental *Carmel,* se dresse la minable devanture étriquée d'un restaurant arménien. J'y entre et demande d'un air mystérieux, à un jeune homme qui ressemble à Charles Aznavour, le chanteur-compositeur, s'il ne connaît pas un casquettier nommé Aaronovicz. Le faux Aznavour m'examine, se tâte, puis, avec la voix du vrai, appelle une vieille et lui transmet ma question dans sa langue. Il me dit ensuite qu'il y a un casquettier de ce nom rue du Roi-de-Sicile. Je le remercie et m'en vais, l'air toujours aussi mystérieux.

Je ne sais pas si ce manège, renouvelé, portera ses fruits. Mais c'est la tactique que j'ai adoptée.

Du restau arménien, je me rends chez Adolphe, l'autre boucher. Samuel Aaronovicz? Le boucher ne connaît pas.

Je vais rue du Roi-de-Sicile. Le casquettier en question ne s'appelle pas Aaronovicz, mais Aaronson. C'est pareil, mais ce n'est pas la même chose.

Je retourne rue des Rosiers, me propage de boutique en boutique, à la recherche de mon Aaronovicz. Ça devrait finir par se savoir. Il m'étonnerait que n'existe pas, chez ces gens vivant pratiquement dans un cercle fermé, un équivalent de ce qu'on appelle ailleurs le téléphone arabe. Reste à savoir s'il voudra se mettre en branle et ce qu'il en résultera. Pour souffler un peu et permettre à cette mécanique de démarrer, je vais me baguenauder rue Saint-Antoine.

Lorsque je reviens rue des Rosiers, la nuit tombe. Mes deux vieux juifs en chapeaux ronds ont changé de place, mais sans cesser leur parlote. Le marchand de disques hébreux a allumé la rampe de néon qui signale sa boutique aux amateurs. De l'intérieur, sourd une mélopée. Quelque part dans la rue, un type y fait écho, chantonnant avec une drôle de voix.

Objectif : les Blum.

Je frappe au carreau de l'atelier de casquettes. Ils me biglent tous avec surprise, puis une grosse brune se lève et vient m'ouvrir la porte pleine. Les traits de son visage triste rappellent ceux de Rachel. Ce doit être sa mère.

– Bonsoir, madame, dis-je. Puis-je entrer?

Elle hausse les épaules avec lassitude. J'entre. Elle referme la porte derrière moi. Ils sont quatre, là-dedans, à confectionner des gapettes, dans une bonne odeur de tissu et sous un éclairage parcimonieux. Un vieux, un moins vieux et deux jeunes filles.

– C'est pour quoi? demande la grosse brune.

– Un renseignement. Je cherche un de vos collègues. Un casquettier. Un nommé Aaron quelque chose. Aaronovicz. Samuel Aaronovicz.

L'entre-deux-âges lève la tête. La lumière arrache un éclair aux verres de ses lunettes. Avec ses tifs broussailleux et sa barbiche, il ressemble à Trotski, lequel, dit-on, fut ouvrier casquettier dans le coin, avant d'organiser l'Armée Rouge.

– Samuel Aaronovicz?

– Oui.

– On vous a dit qu'il travaillait chez nous?

– Non. Mais entre casquettiers...

– Aaronovicz? Connais pas, fait Trotski.

Et il se remet placidement au boulot.

J'insiste :

– Il est l'unique survivant de sa famille. Tous ses parents sont morts en déportation.

Le vieux hoche la tête :

– Il y en a beaucoup, comme ça, dit-il, d'une voix grave avec un fort accent.

Le silence. Je reste planté là, attendant je ne sais quoi. Trotski fait comme si je n'existais pas. Les deux jeunes filles me regardent. L'une plus hardiment que l'autre. Je lui souris. Adieu, la hardiesse. Elle pique du blair sur sa besogne. La mère de Rachel n'est pas allée se rasseoir. Elle est restée auprès de moi. Elle graillonne :

– C'est tout, monsieur. On ne peut pas vous dire plus.

Ils pourraient peut-être me demander – curiosité bien légitime – ce que je lui veux, à Samuel Aaronovicz. Mais ils ne sont pas curieux. Je hausse les épaules :

– Excusez-moi.

Je sors sous les regards hostiles. Mais ça ne veut rien signifier. Ces regards-là, je les ai sentis sur mes épaules, depuis mon arrivée dans le ghetto, partout où je suis allé. Hostiles, c'est d'ailleurs, beaucoup dire. Ce sont simplement les regards de gens qui ont été longtemps traités en parias, qui ignorent s'ils ne le seront pas encore, et

142

qui se méfient de tout ce qui n'est pas de leur race. On ne peut pas leur en vouloir.

Dans la cour, quelque chose me saute aux guibolles et manque de me faire choir. C'est le chien de tout à l'heure, silencieux, mais joueur comme tout. Il m'a à la bonne. Tu ne connais pas Aaronovicz, par hasard, Médor? Non, il ne connaît pas. Et il s'en fiche. Inconstant dans ses amitiés, il m'abandonne soudain pour filer comme une flèche en direction de la bagnole disparaissant sous les couvertures de cheval. Un miaulement furieux retentit, suivi des crachouillements caractéristiques que produit un chat en colère qui avertit l'adversaire que ça va barder. Les deux bestiaux se bagarrent sous la voiture. Puis dessus. Et je ne sais pas comment il fait son compte, le greffier, mais il s'entortille dans une couverture qui glisse à terre, et reste là, prisonnier. Le chien saute dessus. Je le chasse et libère le matou. Sans me remercier, il s'esbigne. Je m'esbigne aussi.

Je m'insère à pas lents dans l'animation relative de la rue des Rosiers. Des travailleurs reviennent du boulot. Les boutiques sont plus fréquentées. Il fait sombre. Ça sent le charbon de mauvaise qualité brûlant dans des poêles vétustes. Un type, embusqué dans une encoignure, chantonne à voix assez haute. Il en a, de la veine, d'être aussi joyeux, ce zigoto. Gai compagnon... Déjà, tout à l'heure... Un vrai rossignol... A moins que ce ne soit pas le même. Mais si, c'est le même. Je reconnais sa voix, ses intonations surtout... De drôles d'intonations. Au bout de quelques pas, je rebrousse chemin. Le chanteur s'est tu. Il remet ça, toujours de sa curieuse voix, de cette voix dont j'ai identifié la nature, maintenant, une voix moqueuse, lorsque je repasse devant lui. Je m'immobilise. Il s'arrête net. La lumière trouble d'une charcuterie cachère, à demi interceptée par les saucisses qui pendent, si peu fameuse qu'elle soit, me permet quand même de l'examiner. C'est un jeune gars, petit de taille, bien vêtu, à gueule ronde, d'une jovialité de mauvais aloi. Il ne fait pas chaud, mais il est sans pardessus. Le genre dédaignard des conditions atmosphériques. Il a une main dans une poche du falzar, l'autre tripote sa cravate. Ses manchettes, à boutons dorés, dépassent de sa manche de six bons centimètres. Son blum est rejeté en arrière, à la casseur d'assiettes. Allure générale et bobine, il est vraiment équipé pour se foutre du bon peuple. Il cesse de triturer sa cravate, me regarde, sur la défensive, puis, comme il voit que je ne dis rien, il se redresse et bouge légèrement, pour se débiner.

— Un moment, fils, je fais. Soyez pas si pressé.

— Qu'est-ce que vous me voulez, m'sieu?

— Vous faire parler. A moins que vous ne sachiez que chanter.

— Parler de quoi?

— Je cherche un tuyau et vous m'avez l'air affranchi. J'ai envie de vous poser une question.

— Quelle question?

— Aaronovicz.

— Ce n'est pas une question, ça.

— Je sais. C'est un nom.

144

– Et alors?

– C'est tout. Je le cherche. Vous ne le connaissez pas?

Il paraît réfléchir :

– J'en ai connu une bonne douzaine, dit-il, la voix changée. Quel prénom, le vôtre?

– Samuel.

– Ça nous fait tomber à quatre. Qu'est-ce qu'il y a pour moi, si je vous refile le tuyau?

– Un peu de fric. Deux mille balles.

– Deux mille balles? On ne va pas loin avec ça. Enfin, c'est toujours mieux que rien. Dites donc, il ne fait pas chaud, ici. On ne pourrait pas aller discuter dans un endroit tranquille?

Je saute sur l'occasion. Je n'attendais que ça.

– Volontiers.

Un endroit tranquille. Tu parles! Discrètement, je m'assure que j'ai mon pétard à portée de main et en avant pour l'endroit tranquille.

Je suis pour mes suppositions tragiques. L'endroit tranquille où m'entraîne le gars n'est peut-être pas d'une tranquillité, d'un calme à toute épreuve, mais il ne risque pas de m'y arriver ce que je redoutais. C'est l'arrière-salle d'un restau polonais, aux tables occupées par des juifs qui discutent dans leur patois et où un artiste tire de son violon des sons nostalgiques qu'il est le seul à écouter. M'est avis qu'avec tous ces coups sur le cigare, je commence à baisser.

Une preuve supplémentaire de cette déficience m'est fournie par un copain de mon compagnon. C'est un jeune juif à lunettes et front d'intellectuel qui traverse l'endroit où nous sommes pour se rendre aux lavabos. Il souhaite le bonjour au violoniste, puis à mon gars. Il dit :

— Au moins, quand Wladi joue, tu ne chantes pas.

— Tu crois que ça m'empêche? rétorque l'autre.

Et il pousse la note, toujours avec ces intonations gouailleuses.

— Oh! ça va, fait le binoclard, qui le regarde avec désapprobation.

C'est un chant dont je ne comprends pas les paroles. Mais ce que je comprends, c'est que j'ai fait fausse route. Est-ce que je ne me suis pas imaginé que mon rigolard chantonnait à mon unique intention, soit pour se payer ma fiole, soit pour attirer mon attention, m'obliger à l'aborder et m'entraîner dans un guet-apens? Autant pour moi, il a une vocation de chanteur des rues, c'est tout. Un cornichon à qui j'ai prêté plus de cervelle qu'il n'en a.

Le binoclard nous laisse seuls.

— Bon, dis-je. Pour en revenir à Samuel Aaronovicz...

— Qu'est-ce que vous voulez savoir au juste?

— Son adresse.

— Pourquoi?

— Je n'en sais rien.

— Sans blague? Vous êtes de la police, hein?

— Non. Je rends service à des amis.

— Des amis qui cherchent Samuel Aaronovicz?

— Oui.

Il observe un petit silence, peut-être pour

réfléchir, peut-être pour laisser passer un grand gaillard qui a affaire, lui aussi, aux lavabos.

— Écoutez, fait-il, ensuite. Des Samuel Aaronovicz, j'en ai connu quatre. On peut en éliminer deux. Ils sont morts.

— Celui que je cherche est l'unique survivant de sa famille. Père, mère, sœurs et frères s'il en avait, oncles, cousins et le toutime ont péri dans des camps nazis. Il est ou a été casquettier. Ça vous dit quelque chose?

Il replonge dans ses pensées. Le binoclard sort des lavabos. Le costaud aussi. Le violon miaule de tous ses boyaux de chat. J'ai l'impression que je perds mon temps.

— Hum, graillonne le chanteur. Je ne peux pas vous dire comme ça D'ailleurs, les deux Aaronovicz qui restent, ils ne sont plus à Paris. Faudrait que je me renseigne auprès de mes parents, des copains, etc.

— Deux mille balles tout de suite, ça ne peut pas remplacer parents et copains?

— Non, m'sieur. Franchement non. Je ne vous mène pas en barque, m'sieu.

Je ricane :

— Non? Eh ben, vrai! Vous êtes juif, hein?

— Si vous voulez.

— Comment, si je veux? Pour moi, vous êtes juif.

— Ça, c'est de la connerie, m'sieu.

— Connerie ou pas, vous êtes juif. Moi, je suis un goy. Vous m'avez vu rôder dans le coin, depuis quatre heures de l'après-midi. Je ne me suis pas caché. Ça, je ne peux pas dire. Ça ne vous a pas plu. Vous êtes chez vous, ici, entre juifs. Vous vous êtes mis dans la tête de vous payer la mienne. D'abord en chantonnant ironiquement sur mon passage, ensuite en me faisant croire que vous pouviez m'aider.

Il me regarde :

— Vous déraillez, m'sieu, il fait.

Je répète :

— Vous êtes un juif, je suis un goy.

Il hausse les épaules :

— Merde! Qu'est-ce que ça veut dire : un juif, un goy? Si un type me fout un coup de poing en me traitant de sale youpin, je lui rends le coup, parce qu'il m'en a déjà balancé un, et non pour le sale youpin. Je ne sais pas ce que c'est, un juif, moi. Il y en a que ça emmerde assez, dans le coin.

Je l'examine. Il a l'air sincère.

— Alors, si par hasard votre frangine couchait avec un goy...

— Je n'ai pas de frangine.

— Mais si vous en aviez une... Elle pourrait coucher avec un goy?

— Avec qui elle voudrait.

— Vous ne la maudiriez pas? La renieriez pas?

— Non. Vous vous faites de drôles d'idées, on dirait, m'sieu.

— Oui. Très drôles...

Au flan, je lui envoie :

— Vous ne lui balanceriez pas, non plus, un coup de lame, pour lui apprendre à respecter les traditions ancestrales?

148

Il tique :

– Qu'est-ce que ça veut dire, ça, m'sieu?

– Rien de plus. Ça vous intéresse, hein?

– Ouais...

Nous parlons déjà à voix basse. Il assourdit davantage la sienne pour dire, sur un ton affirmatif :

– Vous êtes de la police.

– Je vous ai déjà dit non. Inutile d'être de la police pour envisager certaines possibilités. Les flics, d'ailleurs, n'envisagent jamais rien à l'avance. Ils attendent qu'on leur apporte les cadavres des victimes.

– Ouais...

Il tire sur ses manchettes, des fois qu'elles ne dépassent pas suffisamment, rectifie l'ordonnance de sa cravate :

– C'est quand même mieux que vous parliez d'un coup de lame, parce que... ça m'étonnerait que je vous apprenne quelque chose, mais il y a une fille de la rue des Rosiers qui est morte de ça, il y a quatre jours.

– Poignardée?

– Oui. Ça m'étonnerait que je vous apprenne quelque chose, répète-t-il. Elle s'appelait Rachel Blum.

– Vous la connaissiez?

Il hausse les épaules.

– C'était ma cousine.

Un silence s'établit entre nous deux. Non loin de nous, les vieux juifs poursuivent leurs palabres, sans s'occuper de nous. Le violoniste continue à jouer du violon, sans trop s'occuper de son instrument ni de quoi que ce soit. C'est mon chanteur faraud, un peu moins faraud, qui redémarre :

— Je me demande à quoi rime cette combine, dit-il. « Vous êtes un juif, je suis goy », et patati et patata. Vous ne me soupçonneriez pas d'avoir tué Rachel, par hasard, non?... Oh! et puis, la barbe! Maintenant, je ne dirai plus rien, tant que vous ne m'aurez pas montré votre insigne d'inspecteur.

— J'en serai bien en peine, fils. Je ne suis pas un flic. Et votre Rachel, je m'en tape. Je cherche Samuel Aaronovicz. Casquettier. Je suis allé chez tous les casquettiers du coin. Il y en a même un qui s'appelle comme votre Rachel. Blum. En face de la rue des Écouffes. Ce sont ses parents?

— Oui.

D'un geste large, je balaie ces contingences :

— Moi, croyez-moi ou non, il n'y a qu'Aaronovicz qui m'intéresse. Je suis allé à sa recherche partout. Partout visage de bois. A se demander s'il existe. Kif-kif ceux que vous dites connaître. Enfin... on peut se revoir?

— Si vous voulez.

— Vous vous appelez comment?

— Michel Issass. Pas Isaac. Issass.

— Et vous créchez où?

— Vous n'êtes pas flic, dit-il, doucement. Je ne vais pas filer mon adresse comme ça au premier venu. Je vais essayer de me rancarder sur les Aaronovicz que j'ai connus. Venez voir de temps en temps, ici, si j'y suis. Si j'ai quelque chose, je vous le dirai.

Compte là-dessus, Nestor. Il a l'air de se fiche

150

éperdument de la suite à donner. Mais on ne sait jamais.

– Téléphonez-moi, ça sera encore mieux.

– Si vous voulez. Où ça?

Je lui communique mon numéro :

– Demandez M. Dalor.

Il note. Je me lève. Il ne bouge pas. Il n'a pas l'intention de me faire un bout de conduite. Je lui tends la main. Il la prend :

– Au revoir, monsieur Dalor.

– Au revoir, monsieur Isaac.

– Issass, rectifie-t-il en souriant. Issass. Pas Isaac.

Il tient à la différence, invisible à l'œil nu.

Je le laisse, le masque inexpressif sous son chapeau vissé au crâne et rejeté en arrière, absorbé dans ses pensées. Selon son tic familier, sa main droite chatouille sa cravate. Les doigts de la gauche commencent à pianoter sur le marbre de la table. Il bat la mesure du morceau que joue l'infatigable violoneux. Il ne va pas tarder à se remettre à chantonner. Drôle de type. Drôle de spectacle, anodin, lénifiant, mais avec quelque chose d'anormal, un je ne sais quoi de faux, qui m'emplit de lassitude. Je me sens flapi comme pas un, déçu et frustré.

Je remonte lentement la rue des Rosiers jusqu'à la rue des Écouffes à l'extrémité de laquelle j'ai laissé ma bagnole. J'ai, soudain, l'impression d'être suivi. Je jette un coup d'œil derrière moi. Rien que les habituels et inoffensifs passants, les rares flâneurs que le froid humide, escortant la nuit, ne rebute pas et qui vont, tous, les épaules

basses. La faune du ghetto. La voilà, la caracté-
ristique. La plupart de ceux qu'on rencontre en
ces lieux traînent le poids de l'humilité, feinte ou
réelle. Dans le tas, il n'y en a qu'un de vraiment
debout, à marcher presque militairement, domi-
nant les autres de sa haute taille. Cette silhouette
altière, il me semble ne pas la voir pour la
première fois. Mais personne, de près ou de loin,
n'évoque Michel Issass. Maintenant, il peut
m'avoir délégué quelqu'un... Quelqu'un qui aura
eu tout loisir de me photographier, pendant que
nous discutions dans l'arrière-salle du restau
polak...

Je poursuis mon chemin. Je tourne dans la
rue des Écouffes. Là-bas, au bout, éclatent les
lumières chaudes de la rue Saint-Antoine. Je
m'arrête devant une librairie, juste en face
l'Oratoire et le Centre d'enseignement de la
Thora de Dieu. Deux hommes, après moi, s'en-
gagent dans les Écouffes. L'un est celui d'allure
martiale. Je traverse, oblique de partout, de
corps et d'œil. Pas d'erreur, c'est bien celui-ci
qui me filoche. Pour en avoir le cœur net, je
m'engouffre dans un passage dont la gueule
noire et fétide s'ouvre devant moi à point nommé. Je verrai bien s'il s'arrête ou non. Je m'enfonce dans l'ombre et j'attends, les yeux fixés
sur la rue. La silhouette massive du type, immobile, s'inscrit sur l'écran de l'entrée du passage.
Un bec de gaz éclaire ses traits. La quarantaine. Un menton volontaire. Un nez busqué. Des
lèvres épaisses, sensuelles, orientales. Je le
reconnais. C'est le costaud qui est passé à deux

152

reprises auprès de notre table, pour aller au lavabo et en revenir.

Il sort les mains de ses poches et pénètre sous la voûte.

J'en ai marre, de jouer à cache-cache. Il est cent fois plus fort que moi, mais j'ai mon pétard. Je le mets au poing, le tiens à la hauteur de ma hanche, collé contre, et je vais à la rencontre du gars.

Je devrais m'apposter dans un angle, attendre qu'il passe, lui balancer un coup de crosse sur le cassis et discuter après. Mais non. Je vais à sa rencontre. Nestor Burma, le dernier romantique, le dernier chevalier. Saluez!

Au contact.

Nous ne sommes, l'un en face de l'autre, que deux silhouettes noires.

— Et alors, je fais, ça ne te plaît pas, à toi non plus, que je me balade dans le ghetto? T'en es le gardien, mon pote?

Je lui colle mon feu sur le bide.

Nestor Burma, le pipelet, l'impénitent bavard.

C'est un militaire. (L'autre zouave, pas moi.) Ah! ces militaires! Me parlez pas des militaires. D'un geste sec, il envoie dinguer le revolver. Je ne sais où il atterrit. Je ne l'entends pas. Le gars m'a alpagué, fait une prise de je ne sais quoi... et je sens que j'ai droit au classique et attendu coup sur la cafetière.

CHAPITRE XI

Je m'entends murmurer :

— La dernière fois, je me suis réveillé parmi les parfums. Aujourd'hui, ce n'est pas le cas. Ça schlingue. On a dû me fourrer dans une poubelle.

Une voix gutturale narquoise dotée d'un épouvantable accent articule :

— Poubelle. Oui, poubelle. Pas rester là, *Kamerad*. Chambre. Coucher chambre. Schnaps, hé ?...

Un rire grince, que l'écho répercute :

— *Gut, gut,* schnaps. Mais beaucoup schnaps, coucher poubelle.

J'ouvre les yeux. Ça va moins mal que je n'aurais redouté. Mon adversaire de tout à l'heure doit connaître des trucs qui mettent hors de combat sans trop de dommages pour la victime. Merci grandement, colonel, de m'avoir ménagé. Je me mets debout, prenant appui contre un mur gluant. Dans le mouvement, mon pied heurte une sonore boîte métallique dont le couvercle, mal équilibré, dégringole avec fracas. Parole d'homme, comme dit l'autre, je me sentirais aussi frais qu'une rose, n'était cette puissante odeur ambiante.

– Pas si *krank* que ça, dit la voix.

Je me tourne vers elle. Le rayon lumineux d'une torche électrique, prolongeant un bras ballant, est braqué sur les pavés gras. Sa réverbération me permet de distinguer l'ombre du vieil homme qui tient la lampe. Une poubelle domestique, débordant de détritus, est à ses pieds, chaussés de pantoufles. Auprès de moi, s'alignent les autres grosses poubelles dans lesquelles il venait vider la sienne.

J'émets un petit rire idiot. Je fais :

– Je me suis endormi. Dodo, j'ajoute pour être plus clair.

– *Nix, nix.* Pas grave.

Compréhensif, l'ancêtre. Je me demande s'il a trouvé mon pétard. Certainement pas. Il serait d'humeur moins sociable. L'arme doit encore se balader quelque part dans le périmètre. J'explique au bonhomme que j'ai perdu quelque chose et il me laisse lui emprunter sa lampe pour partir à sa recherche. Nestor Burma, recherches en tout genre. *Nix.* Bredouille. Je rends la lampe au vieux, ramasse mon galure, le salue avec et m'en vais.

C'est en débouchant dans la rue des Écouffes, alors que je m'époussette, pour détacher de mes vêtements les saletés qu'ils ont pu récolter au cours de mon séjour auprès des boîtes à ordures, que je sens un objet lourd dans une de mes poches.

C'est le pétard. Le pétard que le type, après me l'avoir fait valser des mains, a pris soin de récupérer et de me restituer. Merci, colonel, d'un tel savoir-vivre auquel je ne suis pas habitué. Encore un drôle de corps. A ajouter aux autres. Les passés et les futurs.

Dans un bistrot de la rue de Rivoli, où je vais me retaper la cerise, je vérifie le contenu de mon portefeuille. Il ne manque pas un billet de cinq cents balles, mais les papiers ne sont pas dans l'ordre où je les classe d'habitude. Conclusion : on a farfouillé dedans. Et le farfouilleur sait uniquement qui je suis, nom et adresse. Conclusion subséquente : il va falloir m'attendre à des visites plus ou moins amicales, les jours prochains, chez moi ou au bureau.

Un peu plus tard, complètement d'aplomb, je retourne rue des Rosiers, voir si j'aperçois le goguenard Michel Issass ou l'autre grand costaud, son copain. J'inspecte quelques restaurants, établissements divers et autres boutiques – je commence à avoir l'habitude – mais mes deux lascars ne sont nulle part.

Je me demande si je ne pourrais pas pousser une pointe jusque chez les Blum. Puisque, paraît-il, Michel Issass est de la famille... ce qui n'est pas le moins troublant de l'affaire...

Sur le trottoir exigu, alors que je me dirige vers la fabrique de casquettes, je croise une jeune fille qui me regarde, me sourit. Je lui souris aussi. Autant être aimable. J'aimerais tant que tout le

monde soit aimable, gentil et tout. Alors, elle dit :
« Bonsoir, monsieur », et s'éloigne. Bon. J'ai fait
une touche. C'est flatteur, mais, pour le moment,
je suis occupé. C'est alors que je la reconnais, ma
touche. C'est une des employées, peut-être aussi
une parente, des Blum. Celle qui me considérait
avec hardiesse, celle à qui j'ai souri, et qui vient
de me rendre mon sourire, maintenant, avec pas
mal de retard.

Je rebrousse chemin et essaie de la rejoindre.
Elle m'a l'air moins ours, moins renfermée que les
autres. Je dois pouvoir en tirer quelque chose. Pas
tout de suite, en tout cas, car elle a disparu,
engloutie dans un couloir de piaule. Et pour
savoir laquelle!

Quelques minutes passent et la revoilà. Mais
elle n'est plus seule. Un couple l'accompagne.
Un couple de son âge. Je suis le trio. Il finira
bien par se dessouder, à un moment ou un
autre.

Mes jeunes zigotos descendent en bavardant
vers la rue de Rivoli. Parvenus au métro Saint-
Paul, ils entrent dans le cinéma qui se tient là, sur
l'espèce de placette. J'entre aussi, quelques minutes après eux.

A l'entracte, au cours de l'opération esqui-
maux, ma casquettière se lève. Son copain et sa
copine ne bougent pas. Je me lève aussi et la
retrouve dans le hall, qui revient des toilettes. Je
l'aborde :

— Excusez-moi, mademoiselle. Je crois vous
avoir déjà vue chez M. Blum... et tout à l'heure
rue des Rosiers...

Sans faire sa pimbêche, elle observe une légère défensive :

— Mais bien sûr, monsieur... Monsieur comment?

— Dalor. Et vous?

— Ida. Vous m'avez suivie?

— Je l'avoue.

— Pourquoi?

— Je voudrais vous demander quelque chose...

Une ouvreuse rôde autour de nous, son panier de friandises sur le ventre. Je propose :

— Un esquimau?

Elle se renfrogne :

— Merci. Je ne le connais pas non plus.

— Qui donc? Ah! vous voulez dire Aaronovicz?

— Oui.

Je me mets à rire :

— Acceptez cet esquimau sans crainte. Je ne veux pas vous corrompre. Aaronovicz, je ne vais pas tarder à le rencontrer. Quelqu'un va me le présenter... Alors, cet esquimau?

— Si vous voulez.

Je le lui offre.

— Qui va vous le présenter? demande-t-elle.

— Un nommé Michel Issass.

— Michel Issass?

— Oui...

Il ne m'a pas filé un faux blaze. C'est toujours ça.

— Connaissez?

Elle me fait signe que oui, d'un drôle d'air.

M'est avis qu'elle le connaît très bien. Ou, plutôt, qu'elle l'a connu... Trop.

— C'est sur lui que je cherche à me renseigner maintenant. Vous comprenez... Je le soupçonne d'être un peu bluffeur. Il m'a dit être parent des Blum. C'est vrai?

— C'est vrai. Il est parent des Blum et il est un peu bluffeur. Beaucoup, même...

— Ah! Au fait... excusez-moi... vous êtes peut-être de la famille, vous aussi?

— Non.

Par les portes ouvertes, un air de jazz envahit le hall.

— Ça va commencer, dit Ida. Eh bien... merci et au revoir, monsieur Dalor.

— C'est ça, revoyons-nous. J'aimerais que vous me parliez un peu d'Issass, surtout si c'est un bluffeur. A la sortie, peut-être?

— A la sortie, oui.

Ça manque de chaleur. L'esquimau, sans doute.

— Vous comprenez, dis-je, je lui ai donné pas mal de fric, à cause de cet Aaronovicz, exclusivement sur sa bonne mine, et maintenant, je me demande...

— Si vous en aurez pour votre argent?

— Ma foi...

Elle me regarde :

— Moi, je vous dis non. Michel ne doit, pas plus que moi, connaître l'Aaronovicz que vous cherchez.

— Alors, j'ai été refait et je ne le reverrai certainement plus. Ni lui ni mon pèze. Je ne sais même pas où il demeure. On doit se revoir dans un bistrot. Tu parles! Vous ne connaissez pas son adresse, vous?

— Ne... non.

— Les Blum doivent la savoir. Peut-être même crèche-t-il chez eux.

— Laissez les Blum tranquilles, dit-elle, vivement. Ils ont eu un malheur dans leur maison.

— Quel malheur?

— Leur fille est morte.

— C'est leur cousin qui m'intéresse, moi. Je déteste qu'on se paie ma fiole...

Je prends l'air méchant :

— Je le retrouverai, l'Issass.

Elle hésite, paraît réfléchir, hausse les épaules :

— Rue de l'Hôtel-de-Ville, dit-elle. Au début. La première bicoque. Au troisième...

Elle ne semble pas avoir conservé un bon souvenir de l'endroit, si tant est qu'elle ne me bluffe pas, elle aussi. Elle ajoute, dans un souffle :

— Exigez qu'il vous rende votre argent. Et ne l'écoutez pas. C'est un bluffeur et un sale type.

Elle me plante là et regagne son fauteuil. Je regagne le mien.

Cependant que le film se déroule, je réfléchis. Je regarde ma montre. Avec ma bagnole, j'ai le temps d'aller rue de l'Hôtel-de-Ville et en revenir pour tirer les jolies oreilles d'Ida si elle m'a balancé un mensonge.

Je me mets debout, juste au moment où, sur l'écran, l'héroïne entreprend d'ôter sa robe, ce qui provoque, chez les spectateurs placés derrière moi, d'énergiques : « Assis! », et quitte la salle, comme si je désapprouvais ce genre d'exhibition.

Petits mystères de Paris, comme dit Carmen Tessier. La rue de l'Hôtel-de-Ville n'est pas tout à fait à l'Hôtel-de-Ville. Sans rivaliser d'originalité et d'indépendance avec la rue de la Nation, qui ne se trouve pas à la Nation, comme le voudrait la logique, mais à Barbès, la rue de l'Hôtel-de-Ville prend naissance assez loin de l'édifice qui lui donne son nom – orienté vers lui, il est vrai – exactement rue du Fauconnier, là-bas, après le pont Marie, sur le quai des Célestins.

C'est ce que je constate après m'être fourvoyé dans la rue de Brosse, sur la foi d'un plan trop hâtivement consulté. Je croyais que la rue de l'Hôtel-de-Ville commençait là. Au contraire, elle y finit. Les immeubles portent les numéros quatre-vingt-dix.

Au volant de ma Dugat, je remonte les numéros et j'arrive bientôt en vue de la façade arrière de l'hôtel de Sens, escorté, en retrait, des masses des buildings-caisses à savon qui composent à ce chef-d'œuvre d'architecture un écrin des plus croquignolets.

Je me casse le nez contre une palissade qui, au coin de la rue des Nonnains-d'Hyères, barre l'accès de la portion restante de la rue de l'Hôtel-de-Ville. Encore un coup des urbanistes! Je contourne l'obstacle et parviens enfin au carrefour Figuier-Fauconnier-Ave-Maria, devant l'entrée principale de l'hôtel de Sens dont la silhouette élégante, avec ses deux tours d'angle à chapeau pointu et les festons de ses aiguilles, se découpe directement sur le ciel nocturne, sans rien derrière qui puisse déshonorer l'ensemble. Je range ma Dugat le long du terre-plein entouré de bornes reliées entre elles par des chaînes, et en avant!

« La première bicoque », a dit Ida.

Il n'y a pas d'autre mot, en effet, pour désigner cette bâtisse de quatre étages bas de plafond qu'étaye un enchevêtrement de madriers goudronnés. Aucun arc-boutant n'agrémente les maisons suivantes, soit que leur équilibre dépende de la consolidation de la première, soit que leurs vieilles pierres conservent encore suffisamment de force pour s'en passer.

Un vent frisquet souffle, chargé de quelques gouttes de pluie. Il s'engouffre en hululant dans l'étroite rue qui s'incurve, comme enserrant l'hôtel de Sens, ainsi restitué à une atmosphère médiévale de pacotille.

Une lanterne rouge signale la palissade élevée vers la rue des Nonnains-d'Hyères. La suspecte et sinistre lueur de sa flamme agitée en tous sens joue sur le toit mouillé d'une voiture en rade. Je ne sais pourquoi – c'est une idée idiote – mais il me semble qu'une auto ne cadre pas avec le décor.

Je m'approche, chassant sous mon pas une bestiole qui cassait la croûte parmi des immondices. Un rat. Un de ces énormes rats que la crue de la Seine déloge de leur habitat et oblige à des incursions en territoire inexploré.

L'auto est une Dauphine de teinte neutre.

Des souvenirs confus se lèvent dans mon crâne malmené. La lanterne rouge me permet de lire le numéro de la plaque minéralogique arrière.

Sauf erreur, la Dauphine de Jacques Ditvrai!

La voiture de Ditvrai... et aussi autre chose. Je ne sais quoi. Une pensée fugace, morte à peine éclose, qui me traverse l'esprit sans laisser d'autres traces qu'une impression de désappointement.

Je manœuvre la poignée de la porte et tire. Elle n'est pas bloquée. La portière s'ouvre, déclenchant automatiquement l'allumage du plafonnier. J'inspecte l'intérieur. Ça ne m'apprend rien, même pas si c'est vraiment la bagnole du journaliste, aucune plaque d'identité n'étant fixée au tableau de bord. Mais toutefois... 2173 BB 75... Je ne crois pas me tromper.

J'éteins le plafonnier et referme la portière sans la claquer. Il n'est pas tard. A peine onze heures et demie. Ailleurs, dans certains endroits de Paris, tout vit encore intensément. Mais ici tout est silence, calme et profond sommeil. Pourquoi le troubler? Il me semble que si je n'étais pas seul, je ne pourrais parler qu'à voix basse. Nul bruit, sauf le chantonnement d'une gouttière, le martèlement monotone de l'averse sur la carrosserie de la voiture – car, maintenant, il pleut vraiment –, la bagarre sourde, avec son repas, du rat qui est revenu le terminer. Et même le camion lourdement chargé, qui roule à vive allure sur les quais, communiquant un tremblement aux pavés, on dirait qu'il passe loin, très loin. Plus loin encore que l'ivrogne dont la chanson hoquetée, rythmée par ses zigzags, me parvient comme à travers deux épaisseurs de ouate des profondeurs hostiles de la nuit.

A l'abri dans le renfoncement de la porte latérale de l'hôtel de Sens, je lève les yeux sur la façade de la maison étayée. Entre deux madriers, une fenêtre laisse filtrer de la lumière. Au troisième. L'étage que m'a dit Ida qui ne semble pas m'avoir bluffé. M. Michel Issass est chez lui. Peut-être seul. Plus vraisemblablement en compagnie de ses copains, le gars d'allure militaire et le journaliste aux allures équivoques, à échanger des propos badins sur Aaronovicz, Nestor Burma et tous autres. En prenant ses précautions, on peut peut-être aller voir – ou écouter – ça de plus près.

Je passe sous les madriers, pousse une porte qui bâille et pénètre dans un couloir humide et glacial. Je cherche, sans succès, un bouton de minuterie. Je retourne à ma bagnole me munir d'une calbombe électrique portative et, ainsi équipé, j'entreprends l'ascension d'un escalier du type traître et casse-gueule breveté, qui gémit sous mon poids. Parvenu au premier, je constate qu'il n'y a qu'un appartement par étage. Tant mieux. Ça limitera les risques d'erreur. Au deuxième palier, c'est une constatation d'un autre ordre, que je fais. Par l'oreille.

Un coup de feu déchire le silence de la nuit.

Je reste trois secondes interdit, puis, me ressaisissant, je m'élance. Mais je dérape sur mes semelles crêpe imbibées de flotte et les marches

164

grasses d'humidité, et je m'étale. En jurant fort, ce qui ajoute au barouf de ma chute. Je me relève aussi sec. La lampe, que je n'ai pas lâchée, dans une main, et mon pétard dans l'autre, je vole, sans autre avaro, jusqu'au troisième. C'est de là qu'est venue la détonation. La porte de ce qui doit être le logis de Michel Issass est fermée. Elle est vétuste et sa serrure ne résistera certainement pas à un vigoureux coup de targette. Je donne le coup en question. Le bois craque, se fendille. Un second coup. Pour un peu, cette fois, le panneau sauterait hors de ses gonds. Il va rebondir contre le mur intérieur, et la serrure, démantibulée, se décroche et tombe quelque part dans la pièce obscure. Un grand souffle d'air, chargé de pluie et d'odeur de cordite, me fouette le visage, m'enveloppe tout. Je promène alentour le rayon lumineux de ma lampe.

Un homme est étendu à plat ventre sur le parquet.

Il est seul.

Et mort.

Ou pas loin.

Mais je ne crois pas qu'il se soit suicidé.

La fenêtre est largement ouverte, et les deux battants vont et viennent en grinçant sous l'action du courant d'air. J'y cours. Une ombre dégringole avec agilité les madriers qui étayent la façade. J'hésite à lui tirer dessus. J'ignore comment tout cela va tourner. Et peut-être n'a-t-on fait, déjà, que trop de bruit. Discrétion, discrétion. Je cherche en vitesse, autour de moi, un objet quelconque à expédier sur la poire du fuyard. Un fer à repasser qui s'offre à ma vue fera l'affaire. Je le lance en direction de l'ombre. Le fer à repasser rebondit sur les pavés sans toucher le type qui a atteint le sol, court vers la Dauphine, y grimpe, embraie et décampe dans un éclaboussement de flotte.

Je referme la fenêtre. J'éteins ma lampe, m'aventure sur le palier et tends l'oreille, le cœur battant. Le locataire du dessus s'est levé, réveillé par tout ce remue-ménage. J'entends des pas, une porte qui s'ouvre, puis une fenêtre, un murmure de voix. La curiosité des voisins ne va pas plus loin, la prudence l'emporte, et, au bout d'une ou deux minutes, porte et fenêtre sont refermées, le chuchotis décline, cesse, et tout retombe en sa tranquillité première.

Je rentre dans la pièce, repousse la porte derrière moi, cherche un interrupteur, le trouve et le manœuvre. Une ampoule nue, qui pend du plafond à l'extrémité d'un fil, s'allume. J'avise une chaise et m'y laisse choir, et je reste là, un bon moment, stupide, ma lampe dans une main, mon revolver dans l'autre, à contempler le macchabée, en écoutant la pluie tambouriner sur les vitres de la fenêtre et le vent gémir.

D'où je suis, je vois parfaitement le visage du mort dont la joue repose sur le parquet. Il fixe sur moi ses yeux ouverts. Et il en a comme une sorte de troisième, entre les deux autres, qui fait précisément que les deux autres ne voient plus : l'orifice d'entrée d'un projectile qui est ressorti par-derrière en provoquant pas mal de dégâts. Désormais, Michel Issass ne chantonnera plus, ne se moquera plus, ne parlera plus. Peut-être, même, avait-il trop parlé déjà.

Je me secoue, range lampe et pétard, abandonne mon siège, enfile mes gants et me penche sur le cadavre. Sans trop le chahuter, je parviens à extirper de sa poche intérieure de veston son portefeuille et un calepin. L'examen de ses papiers ne m'apprend pas pipette, sauf qu'il s'appelait véritablement Michel Issass – Michel Abraham Issass – et qu'il se disait casquettier, comme tout le monde. Je déchire du calepin la page où il a marqué mon pseudo et mon numéro de téléphone, et aussi celle qui suit, pour plus de sûreté. Il doit les avoir déjà communiqués à quelqu'un d'autre et, de toute façon, son copain à la découpe de soldat connaît maintenant ma véritable identité et mes adresses, mais c'est surtout aux flics que je pense. Pseudo et téléphone sont connus de Faroux et je ne tiens pas à ce que ça lui tombe sous les yeux, s'il a à s'occuper de ce cadavre. Je remets tout le bazar en place et j'inspecte ensuite l'appartement, composé d'une cuisine et de deux minuscules pièces, sommairement meublées.

Dans le tiroir d'une commode, je découvre un lot de marché aux puces historique : Mauser hors d'usage, étoile jaune effilochée, brassard à croix gammée en même état, casquette crasseuse d'uniforme de troufion de la Luftwaffe.

Sur le meuble, dans une coupe, quelques timbres-poste, français et étrangers, se battent en duel. Le début, très timide, d'une collection qui ne dépassera pas ce stade, pour cause de décès du collectionneur. Ces timbres oblitérés ont été non décollés des enveloppes, mais découpés à l'aide de ciseaux, en suivant largement le pourtour; parfois, même, le fragment d'enveloppe auquel ils adhèrent encore a été séparé à la main, par déchirure. C'est ainsi que je remarque, voisinant avec un timbre anglais sur le même fragment d'enveloppe, la moitié d'un timbre français sans valeur philatélique, un de ces timbres-taxes que les agents des P.T.T. ajoutent en cas d'affranchissement insuffisant ou sur la correspondance retirée poste restante... Une idée me vient. Je regarde de plus près ce timbre-taxe. J'empoche la minable collection de timbres et reviens à Issass. Je repêche son portefeuille dans sa poche intérieure et le lui restitue après m'être approprié sa carte d'identité.

Poursuivant mes investigations, je tombe sur une autre collection. Celle des plus beaux nichons contemporains. Ils sont là tous, ou presque, ces diables de roberts, offerts par les plus audacieux décolletés. Pin-up anonymes et bataillon sacré : Jane Russell, Lollobrigida, Martine Carol, etc. Photos extraites de magazines spécialisés, cartes postales, documents d'agence... Un véritable musée de l'hypertrophie mammaire, ma mère! Une de ces photos représente une belle opulente inconnue – du moins de moi – prise sous l'angle le plus indiscret possible. Elle est entourée de types réjouis, l'œil vigilant braqué, comme il se doit, sur la ligne sombre de l'entre-deux des seins. L'un de ces amateurs mateurs est Jacques Ditvrai.

Je confisque également cette photo, et continue

mes explorations, mais il n'y a plus rien à glaner.

Les poches d'un pardessus jeté sur une chaise, un pardessus court appartenant vraisemblablement au chantonneur réduit au silence, ne contiennent aucune surprise. La boutonnière de ce vêtement s'adorne d'un odorant œillet rouge, mais ce détail ne signifie certainement rien. A moins qu'un esprit démesurément poétique ne veuille y voir l'amorce d'une couronne mortuaire.

J'éteins, quitte la pièce, la maison et le quartier. Je rentre chez moi et me couche. Nul – bien ou mal intentionné – ne vient troubler mon sommeil.

CHAPITRE XII

— Vous croyez, me demande Hélène, le lendemain, après avoir écouté mon récit, vous croyez
que c'est cet Issass — feu Issass — qui a lancé
l'assommeur sur vos pas?
— Certainement.
— Pour vous assommer?
— Non. Simplement pour me suivre et voir qui
j'étais vraiment. Ils — c'est-à-dire Issass, son
copain d'allure militaire, et peut-être d'autres —
devaient se douter que si je lâchais un nom, il
serait certainement faux. De toute façon, ça ne
ferait de mal à personne de vérifier. Nous avons
affaire à des coriaces. Tout ça a dû être combiné
avant que je rencontre le goguenard Issass, rencontre provoquée par lui, maintenant j'en suis
sûr.
— Vous faites allusion au chantonnement nar-
quois qui réclamait une réplique?
— Oui.
— Mais est-ce que ce n'était pas son habitude, à
ce type, de se planter sur le bord du trottoir et de
gazouiller comme un imbécile, simplement pour
le plaisir?

— Peut-être, mais hier, ce chantonnement n'était pas gratuit. De propos délibéré, j'avais recherché Aaronovicz ostensiblement, de façon à provoquer des réactions.

— Vous avez été servi.

— Oui. Issass disait connaître une quantité d'Aaronovicz. Il avait bien de la veine...

— Pourquoi?

— Parce que ce type est inconnu de tous ceux que j'ai interrogés rue des Rosiers.

— Ah! oui?

— On dirait que ça vous rend songeuse?

— Eh bien... je reviens toujours à ma première idée.

— Selon laquelle Aaronovicz n'existe pas?

— Qu'il n'existe pas en tant qu'Aaronovicz.

— Bramovici, hein? Josiah, le roi de Soho en fuite, égale Aaronovicz.

— Pourquoi pas?

— Ma foi... je me demande si vous n'avez pas raison. Quoi qu'il en soit, Issass, qui disait connaître une douzaine d'Aaronovicz, n'en connaissait peut-être qu'un, mais c'était le bon — qu'il s'agisse d'un vrai Aaronovicz ou de Bramovici se faisant appeler ainsi — et il ne voulait pas qu'on y touche. Alors, désireux de me sonder, il s'est arrangé pour que nous entrions en conversation. M'aborder franchement pouvait me mettre la puce à l'oreille. Mais si c'était moi qui fasse les premiers pas... Nous allons au polak, l'autre me photographie, puis me piste. Si je m'étais laissé filer tranquillement, leur science n'aurait pas dépassé le numéro de télé-

phone que j'avais donné et je n'aurais pas pris
une beigne. Puisque ma bagnole m'attendait un
peu plus bas dans la rue, j'aurais joué à mon
suiveur le tour que m'a joué Ditvrai, l'autre
jour, avec la sienne. Mais j'ai voulu la faire au
héros, je me suis jeté dans la gueule du loup
et, en fait de tour, le type m'a joué celui – un
autre – dont j'ai déjà été victime de la part de
Ditvrai. Dans l'ensemble, je dois convenir qu'il
a été plus gentil que le journaliste. Il ne s'est
pas servi d'instrument contondant, uniquement
de son poing, et il m'a endormi juste ce qu'il
fallait pour me fouiller et il a poussé l'amabilité jusqu'à ramasser mon pétard et le glisser
dans ma poche. Un gentleman.

– Vous dites que c'est un militaire?
– Il fait officemar en civil. Et puis, sa méthode
pour m'endormir... On apprend, aux troufions
d'aujourd'hui, des trucs plutôt destinés à la
bigorne des rues qu'aux opérations en rase cam-
pagne.
– Israélite?
– Il en a l'air. Un militaire israélite, ça vous
mettrait sur une piste?
– Non. Et vous?
– Moi non plus.
– Dites-moi, rembraie Hélène. Ce Michel
Issass... c'est un parent de Rachel Blum?
– Son cousin. La jeune Ida l'a confirmé.
– Le cousin de Rachel Blum, dit Hélène rêveu-
sement. Un cousin de Rachel Blum qui n'aimait
pas, selon toutes apparences, que vous recher-
chiez Aaronovicz – ou qui que ce soit se camou-

flant sous ce nom – et vous fait pister par un de ses copains... puis, se fait tuer lui-même... Par qui, au fait? Par Ditvrai? À cause de la voiture stationnant devant l'hôtel de Sens? Et pourquoi?

– Il existe plusieurs hypothèses. Voici la première. D'abord, il y a de fortes chances pour que ce soit Issass qui ait zigouillé Rachel...

– Quoi?

– Oui. L'arme du crime, le poignard S.S., actuellement en la possession de Faroux, doit provenir du lot de trophées que j'ai vus chez lui, dans le tiroir d'une commode. Pourquoi ce meurtre? Parce que Rachel flirtait avec Ditvrai et que ce flirt heurtait les convictions d'Issass. Résumons : Issass tue Rachel et Ditvrai tue Issass parce qu'il a tué Rachel.

– C'est la première hypothèse?

– Oui. Mais cette hypothèse, dont j'ai fait mienne, un moment, une partie, ne me convient plus, aujourd'hui. D'abord parce qu'Issass ne s'arrêtait pas à ces histoires de juifs et non-juifs qui peuvent ou ne peuvent pas coucher ensemble. Pour antipathique qu'il fût, il avait quand même quelques côtés pas déplaisants. Évidemment, vous pourrez toujours m'objecter qu'il mentait, sur ce point, et que s'il a supprimé Rachel pour des motifs disons raciaux, mieux valait pour lui afficher des sentiments contraires, mais je crois qu'il était sincère. Ensuite, si nous admettons cette version des faits, nous ne pouvons plus distinguer en quoi la mort de Rachel et celle d'Issass sont liées à Aaronovicz et l'intérêt porté à celui-ci par Dédé et compagnie. Or, je suis persuadé, la réflexion aidant, qu'il existe un lien entre tous ces événements.

— Et les autres hypothèses?

— Elles se présentent comme le côté négatif de la première. Issass a toujours tué Rachel, mais pour des mobiles différents de ceux que nous envisageons. Lesquels? Mystère. Issass a été descendu à son tour, disons par Ditvrai ou quelqu'un d'autre... peut-être parce que, bluffant ou non, il m'avait promis de me renseigner sur Aaronovicz.

— En somme, ça s'éclaircit, ricane Hélène.

Je soupire :

— De la discussion jaillit la lumière. Tu parles! On pourrait bavasser comme ça à perte de vue. Tenons-nous-en aux faits...

Je sors de mes poches ce que j'ai rapporté de chez Issass : sa carte d'identité, les timbres et la photo de Ditvrai z'yeutant les seins de la pin-up. Je commence par les timbres :

— Il y a un Anglais dans la bande à Dédé et Issass recevait, poste restante, du courrier d'Angleterre...

— Bramovici! triomphe Hélène.

— N'épiloguons plus, je vous en prie. Attendons les événements. Quoique mort, Issass va peut-être continuer à recevoir des lettres. Vous allez m'étudier attentivement ce fragment de timbre-taxe. Avec du temps et une bonne loupe — en employant peut-être même certains réactifs chimiques — on doit pouvoir arriver à déchiffrer les marques tremblées laissées par le tampon dateur.

J'ai essayé, mais pour la peau. Vous aurez peut-être plus de veine que moi.

– Et que suis-je censée découvrir?

– Le numéro du bureau de poste où il se faisait adresser sa correspondance. Voici maintenant la carte d'identité du défunt. Alertez Reboul et demandez-lui de changer la photo, enfin d'arranger tout ça pour que nous puissions envoyer quelqu'un retirer le courrier d'Issass, s'il y en a. Et s'il y en a, ça devrait nous apprendre plus de choses qu'une discussion serrée.

– Là, je crois que vous n'avez pas perdu votre temps.

– Souhaitons-le.

– Et qu'est-ce que c'est que cette autre photo?

Je la lui passe :

– Jacques Ditvrai.

– Il en a, une belle poitrine!

– Idiote! Ditvrai, c'est ce mec-là.

Je le lui désigne.

– Et la fille? Qui est-ce?

– Moi pas connaître.

– Et vous le regrettez, évidemment?

– Oh! vous savez... Elle a une belle poitrine, en effet, mais...

Je regarde Hélène à l'endroit qu'il faut :

– La vôtre n'est pas mal non plus. Vous devriez vous faire photographier comme ça et m'offrir une épreuve. Pour les longues soirées d'hiver.

– Ne dites pas de bêtises, fait-elle en rougissant. Où vous êtes-vous procuré ça?

– Chez Issass. Il en a toute une collection.

Ditvrai et lui étaient copains, vous comprenez. Ça s'est mal terminé, mais à un moment, ils ont dû être copains. Alors, le journaliste connaissant certainement le goût d'Issass pour les belles opulentes lui a fait cadeau de...

Du poing, je frappe le bureau :

— Bon sang! Quelle andouille!

— Qu'est-ce qu'il y a? demande Hélène.

— Il y a...

J'attrape l'annuaire et tout en cherchant un numéro :

— Il y a que je devrais prendre des vacances. Je suis fatigué. Comme dit l'autre, j'ai le cerveau lent, ces temps-ci. Bon sang! un cadeau! Mais vous pouvez détenir un objet sans qu'on vous en ait nécessairement fait cadeau. Vous pouvez l'avoir volé!...

J'ai mon numéro de téléphone. Je le compose :

— Allô! L'*Hôtel de l'Ile*?

— Oui, monsieur.

— M*lle* Suzanne Rigaud, s'il vous plaît.

— Oui, monsieur.

Quelques secondes plus tard, je l'ai au bout du fil :

— Bonjour, Suzanne. Ici, Nestor Burma.

— 'jour. Comment allez-vous?

— Très bien. Ditvrai?

— Toujours absent.

— Bon. Le moment approche où vous pourrez peut-être écrire le papier qui vous fera entrer dans le journalisme par la grande porte. Mais pour cela, il faut que vous m'aidiez.

– Que faut-il faire?

– Allez-y prudemment, ne mettez la puce à l'oreille de personne, mais essayez de savoir si l'employé de l'hôtel qui, l'autre jour, a reçu le coup de téléphone de Ditvrai... Vous savez, le coup de téléphone...

– Par lequel mon voisin disait qu'il avait été obligé de s'absenter brusquement?

– Oui. Essayez de savoir si l'employé connaissait la voix du journaliste, s'il l'a identifiée...

– Vous supposez...

– Dans mon métier, on suppose beaucoup. Je peux compter sur vous, Suzanne?

– Bien sûr, voyons.

– Téléphonez-moi le résultat de votre enquête. Ce n'est pas pressé. Je ne suis pas à quelques heures près. Merci, Suzanne, et au revoir.

Je raccroche. Hélène me regarde, les yeux brillants. Elle a déjà compris. Elle ne demande pas d'explications. Je lui en fournis tout de même :

– Ce n'est pas Ditvrai, dis-je, qui m'a tambouriné le cuir avec un cendrier. Ditvrai n'avait aucune raison d'agir ainsi à mon égard. Tandis qu'un cambrioleur que je surprenais en flagrant délit... Un cambrioleur, vraisemblablement en pardingue court, comme le type avec qui Ditvrai a quitté l'hôtel, alors que je montais ma faction dans la vespasienne... Un pardingue court, comme celui que j'ai vu chez Issass... autrement dit : Issass lui-même.

– Et que faisait-il, chez Ditvrai?

– Je vous l'ai dit. Il cambriolait. Il est d'abord

177

venu trouver Ditvrai. Ils sont partis ensemble à bord de la Dauphine du reporter. Très tard, Issass est revenu seul, pour cambrioler. Et il a emporté la valise, un ou deux complets et surtout...

— Surtout?

— Le contenu, sauf erreur, d'un dossier marqué B, et dans lequel a été oubliée une coupure de presse sur la lutte pour le pouvoir entre les gangs de Soho.

— Un dossier marqué B?

— B comme Bardot Brigitte ou... Bramovici.

— Qu'est-ce que je vous disais!

— Mais oui, mais oui, Hélène. J'ai le cerveau lent, je vous répète. Mais quand ça démarre, ça démarre. Ditvrai devait avoir réuni toute une documentation sur le sire, documentation dont il n'a pas fait état dans son reportage *Les fantômes d'Al Capone*, parce qu'elle n'a dû être recueillie qu'ultérieurement, sans doute à la lumière de certaines informations qui lui étaient venues aux oreilles, lors de son séjour à Londres. Car il me faut réviser mon opinion sur le gars et ses méthodes de travail. Il devait se déplacer vraiment. Il ne travaillait pas qu'à la Bibliothèque nationale ou à coups de ciseau et de pot de colle.

— Alors, ce dossier... Issass l'a fait disparaître?

— Certainement. Il ne devait pas être constitué que de coupures de journaux. Ditvrai avait dû déjà commencer à bâtir une théorie. Ce qui prouve que vous aviez raison, Hélène. Bramovici doit se cacher quelque part dans Paris... dans le ghetto... et c'est lui qui provoque tout ce remue-ménage. Mais c'est égal! Dans le ghetto! C'est dur à avaler, parce que, si j'étais juif, moi, en fait de refuge, je lui donnerais plutôt un cercueil, à ce saligaud. Mais il faut sans doute compter avec les impondérables. Tenez, regardez cet Arabe, Kéchir je ne sais quoi, qui a tué son gendre en vertu de « traditions ancestrales »... Sa fille est venue aux assises implorer l'indulgence du jury pour l'assassin. Son père, avant tout. La famille..., les liens du sang... Bramovici doit se planquer chez des parents. Où est-on mieux qu'au sein de sa famille hein? Il...

Je fais claquer mes doigts :

— Ça y est, Hélène. Ça démarre, je vous dis. Je crois savoir où le trouver, Bramovici. Ah! dis donc; parlez d'un truc! Je pars en campagne pour tirer d'ennui un peintre qui redoute le scandale et je débusque un type que flics et truands, pour des raisons différentes, recherchent en vain depuis des semaines.

Hélène sourit :

— C'est un don, vous le savez bien... Et...

Je la coupe :

— Vous avez toujours la collection de canards que vous trimbaliez l'autre jour?

— Ils sont là.

Elle me les passe. Je commence à les feuilleter :

— On parle de sa famille, là-dedans?

— Non.

Je lève la tête :

— Ça ne fait rien. J'ai la conviction qu'il est apparenté aux Blum. C'est chez eux qu'il se terre...

Je repousse les journaux, n'en conservant qu'un sur lequel, à la une, s'étale une photo de Bramovici. C'est un type gras, sans rien de particulier, sauf ses yeux, rusés et, pour tout dire, cruels.

— Elle n'est pas fameuse, dis-je. Et elle ne date pas d'hier. De plus, depuis qu'il est traqué, il a dû s'affubler de lunettes, de moustaches ou de barbe, mais ça me donne quand même une idée d'ensemble.

— Il y en a peut-être de meilleures, dit Hélène en entreprenant des recherches. Ah! tenez, voilà une de ses victimes : Sarah Moyes, l'Israélienne qu'il a livrée aux Anglais. Vous qui aimez les jolies filles...

— Faites voir.

Sarah Moyes, le buste pris dans une chemise masculine à plusieurs poches, regarde l'objectif avec des yeux où luit une flamme de fanatisme. Elle a seize ans, là-dessus, mais c'est déjà une femme faite, au visage volontaire et énergique, aux cheveux coupés court. Je pianote sur le bureau.

— Qu'est-ce qu'il y a? demande Hélène.

— J'ai l'impression de l'avoir déjà vue. Évidemment, ce n'est pas possible. Alors, disons qu'elle me rappelle quelqu'un.

— Rachel Blum?

— Non...

Avant de rendre le journal à ma secrétaire, je lis la légende qui accompagne la photo :

180

— Non... Il n'y a rien de commun entre Rachel Blum et Sarah Moyes, sauf qu'elles sont mortes toutes les deux.

— Ils l'ont pendue?

— Elle s'est suicidée dans sa cellule...

Je ricane :

— Les prisons sont des endroits extraordinaires. Vous n'y êtes jamais allée?

— Pas encore, mais ça ne tardera pas. Si je continue à travailler pour vous...

— En prison, on vous débarrasse de tout ce qui pourrait vous permettre d'attenter à vos jours et, pourtant, on s'y suicide avec une facilité déconcertante. Voyez Almeyreda et combien d'autres. Pas d'autre photo de Bramovici plus potable que celle-ci?

— Non.

Je découpe le portrait de l'ex-roi de Soho et le glisse dans mon portefeuille. Je me lève :

— Bon. Maintenant, je vais chez les Blum. Ils ne sont pas précisément « causants », ces casquettiers, mais je me débrouillerai. Je m'adresserai à la petite Ida. Elle n'a pas l'air trop mal disposée à mon égard. C'est elle qui m'a refilé l'adresse d'Issass et...

Je jure et me rassieds.

— Qu'est-ce qu'il y a? demande Hélène.

Je grogne :

— Vous et vos histoires de prison! Je ne suis pas loin d'y entrer, en taule. Bon sang! On a dû déjà découvrir le cadavre d'Issass. Les flics vont rappliquer chez les Blum et Ida, dès qu'elle apprendra l'assassinat, est bien capable de me croire coupable et, même sans ça, de leur raconter notre entrevue.

— Vous lui avez dit votre nom?

— Dalor. Ce pseudo est connu de Faroux...

Je me remets debout :

— Je fous le camp, chérie. Je ne veux pas que Faroux me fasse perdre mon temps. S'il me demande, vous ne m'avez pas vu, hein? Du kif pour Dédé.

A ce moment on sonne à la porte.

Je jure et me rassieds. Ça ressemble à un gag.

Hélène va ouvrir.

Quand on parle du marlou...

Elle revient en compagnie du barbeau au long pif et du rondouillard aux bacchantes hitlériennes.

— Salut, m'sieu Burma, lance Dédé.

— Salut, les hommes.

Il enveloppe Hélène d'un regard connaisseur, de la pointe de ses chaussures à la racine de ses cheveux, en un aller et retour déshabilleur :

— Félicitations, fait-il lorsque la belle enfant n'a plus sur elle que son soutien-gorge, son slip et ses bas. Un chouette petit lot que vous avez là, m'sieu Burma.

— Oui. Si elle consentait à tapiner, elle ferait un malheur.

Les deux truands ricanent.

— Vous n'avez plus besoin de moi? demande Hélène, d'un ton sec.

D'un geste, je la congédie.

182

— Ne vous éloignez quand même pas trop, poupée, susurre le prudent Dédé.

Elle hausse les épaules et se dirige vers son bureau. Dédé la suit de ses petits yeux porcins, le tarbouif frémissant. Lorsqu'elle franchit la porte de communication, elle n'a plus de slip.

— Bon, dit alors Dédé.

Il s'assied. Le rondouillard l'imite.

— Nous sommes venus voir où vous en étiez, m'sieu Burma. Le téléphone, c'est très joli, mais ça ne remplace pas toujours une bonne discussion entre quatre z'yeux. Je vous ai casqué. Je croyais que vous bossiez pour nous.

— C'est ce que je fais.

— Tu parles! On s'amène ici et on vous trouve vissé à votre fauteuil, en train de peloter votre souris.

— Je ne pelotais personne. Je me remettais de mes émotions.

— Vous avez eu des émotions?

— A cause de votre Aaronovicz. Je l'ai demandé à tous les échos, dans le secteur indiqué. Pour la peau. Mais ça n'a pas plu à quelqu'un, qui m'a suivi. J'ai voulu demander à ce type pourquoi il me suivait. Il ne m'en a pas laissé le temps. Il m'a assommé.

— Un type comment?

— Un type. Il faisait nuit. Je n'ai pas vu sa bouille. Un gnon de première, si vous voulez mon avis. Et tout ça pour un Aaronovicz qui n'existe pas.

Dédé mordille ses lèvres, passe un doigt manucuré sur l'arête de son long nez :

183

– Ça, c'est nouveau, dit-il.

– Nouveau ou pas, ce doit être. Personne ne le connaît.

Il secoue la tête :

– Aaronovicz existe. S'il n'existait pas, on ne vous aurait pas estourbi parce que vous demandiez après lui. Vous devez pouvoir le trouver.

– Si vous m'en disiez davantage, peut-être...

Il balance un coup de coude dans les côtes du rondouillard :

– Allez, choi!

Ils se levèrent brusquement. Ils doivent avoir un train à prendre.

– Je vais réfléchir à ça, dit Dédé, le front soucieux. Au revoir, m'sieu Burma.

J'attends la formule habituelle : « Soyez régule », mais elle ne vient pas. On se serre la main et je les accompagne jusqu'au palier, en traversant le bureau d'Hélène. Le rondouillard, qui jusqu'à présent n'a rien dit, envoie à la mignonne un boniment qui la fait rougir. Et ils s'en vont. Je retourne dans mon bureau. Hélène m'y suit :

– « Si elle consentait à tapiner! » explose-t-elle. Toujours spirituel!

Je ne réponds pas. Je regarde les journaux qui encombrent le coin de la table. Hélène continue à ronchonner.

– Ça va, dis-je. Ne vous fâchez pas. Ne tapine pas qui veut. Rangez donc plutôt cette collection de canards.

Elle s'exécute :

– Ils sont partis comme s'ils avaient le feu au derrière, remarque-t-elle apaisée.

– Ils sont allés réfléchir.

– A quoi? Ça réfléchit, ces citoyens?

– Parfois.

– Que voulaient-ils? Voir où vous en étiez?

– Je crois qu'ils ont vu.

Le mot de Cambronne passe ses jolies lèvres :

– Ces... ces journaux!

– Oui. Ils étaient pliés de telle façon qu'on ne pouvait voir les articles consacrés à Bramovici, mais d'après les manchettes politiques... Dédé n'est pas tombé de la première pluie. Il va additionner deux et deux. Enfin, on verra bien. Là-dessus, je file...

Je fais un pas vers la porte. La sonnette de l'entrée retentit. Le gag se répète, et cette fois... ce doit être Faroux. Non. Notre visiteur est un gaillard de stature athlétique, d'allure militaire, aux tifs en brosse. La quarantaine. Un menton volontaire. Un nez busqué. Des lèvres épaisses, sensuelles, orientales. Un regard d'acier entre les cils de velours. Je le reconnais. C'est mon suiveur des Rosiers. Mon cogneur des Écouffes. Mais aussi autre chose. Je sais maintenant pourquoi la photo de Sarah Moyes ne m'était pas tout à fait inconnue.

– Monsieur Nestor Burma? demande-t-il.

– C'est moi...

Je plonge significativement la main dans ma poche droite :

– Vous venez m'assommer une nouvelle fois?

– Non. Bavarder seulement. Excusez-moi pour

ce... cet incident. Je voulais savoir qui vous étiez.

Il s'exprime en un français correct, avec une imperceptible pointe d'accent.

— Asseyez-vous, monsieur Moyes.

Il sursaute :

— Vous savez mon nom?

— Je viens de l'apprendre à l'instant. J'ai vu récemment un portrait de Sarah et vous lui ressemblez beaucoup.

— C'était ma sœur... Vous vous intéressez... hum... c'est bien ce que je pensais.

— Asseyez-vous, je répète.

Il s'assied. J'en fais autant et Hélène un peu plus loin, près de la porte de communication. Il attaque :

— Pourquoi recherchez-vous Aaronovicz, monsieur Burma?

— Pour des clients. Je suis détective privé.

— Mais la raison?

— Secret professionnel.

Il secoue la tête :

— Vous ne recherchez pas Aaronovicz.

— Si.

— Aaronovicz n'existe pas. Mais Bramovici existe et c'est lui que vous recherchez.

Il attend que je dise quelque chose. Je ne dis rien. Il poursuit, martelant ses paroles :

— Vous recherchez Bramovici. Moi aussi. Il se cache dans le quartier juif, mais je n'ai pu découvrir où. Vous êtes détective privé, monsieur. Vous ne voudriez pas vous prêter à une entreprise malhonnête. Je défends une cause juste. La seule juste. Accepteriez-vous que nous mettions nos informations en commun?

— Ce que je possède ou rien, en fait d'information, c'est la même chose.

— Vous ne niez pas vous intéresser à Bramovici?

— Je cherchais Aaronovicz. Bramovici est venu se glisser dans le jeu.

— Il se cache sous le nom d'Aaronovicz?

— Je n'en sais rien.

Un petit silence.

— J'agis pour une cause juste, dit Moyes d'une voix sourde. Mais peut-être ne comprenez-vous pas.

— Je comprends parfaitement. Vous recherchez Bramovici pour lui faire la peau. Il a livré votre sœur aux Anglais.

— Il n'y a pas que cela. Il porte un tort considérable à notre peuple. Ce peuple... (il ricane) qu'on a dit être de marchands, d'usuriers, d'intermédiaires, à qui on a toujours refusé la terre et les instruments pour la travailler, allez voir...

Il s'exalte :

— Allez voir ce qu'il a fait, en Israël, dans les villes, les communautés agricoles. Il bâtit des gratte-ciel à Tel-Aviv, fertilise le désert, accomplit une tâche grandiose. Il ne sera pas dit qu'un misérable issu de notre race compromettra, souillera cette entreprise. Moi, un ancien soldat de l'Irgoun, un pionnier israélien, j'ai pris l'initiative de le châtier. Certains de nos frères ne partagent pas mon avis. Et notamment, sans doute, ceux qui l'hébergent actuellement. Ils seront châtiés aussi.

Il crispe les poings. Son regard d'acier lance des flammes sombres. Il ressemble à l'ange exterminateur. Les Blum, quand il les aura sous sa patte, passeront un vilain quart d'heure. Rue des Rosiers, ça ne sera pas des roses. Il n'est pas antipathique, ce mec, mais pourquoi faut-il que même les moins antipathiques des humains soient assoiffés de sang, comme ça? Ils ne peuvent pas se contenter d'un coup de rouge?

Peu à peu, Moyes reprend le contrôle de lui-même. Il me regarde et, avec un léger sourire de mépris :

— Le double, dit-il.

— Quel double?

— Le double de la somme que vous versent vos clients pour retrouver Bramovici.

— Non. Ça ne peut pas marcher comme ça. Je suis toujours fauché, peut-être parce que je suis trop cher. On n'arrive pas à m'acheter. Et puis, je suis contre la responsabilité collective.

Il hausse les épaules :

— Vous avez, hier, demandé un peu partout Aaronovicz. Il y a quelques jours, déjà, des hommes à allures de voyous ont fait de même. Des complices bernés, sans doute, qui le recherchent aussi. Vous travaillez pour eux?

En guise de réponse, je me lève. Tout ce qu'il veut, c'est me tirer les vers du nez. Il nage encore plus que moi et pour espérer en apprendre quelque chose, c'est midi. Autant briser là. Il me fait perdre mon temps et Faroux peut rappliquer d'une minute à l'autre.

— Je regrette, monsieur Moyes, dis-je. Je comprends vos sentiments, mais je ne puis rien faire pour vous.

Il se lève :

— J'ai eu tort de vous rendre visite. Je croyais... enfin, tant pis. Mais, avant de partir, je voudrais vous dire une chose : Bramovici m'appartient. Je ne permettrai à personne d'autre d'y toucher. Réfléchissez à cela.

Il salue presque militairement et se débine.

— Eh bien, vrai! s'exclame Hélène. Avec tout ce populo à ces trousses, je ne le vois pas blanc, le Bramovici. Il ne sortira pas vivant du ghetto.

— Ouais. A condition qu'il y soit encore... Bon. Je vais peut-être pouvoir quitter ce burlingue, maintenant.

Ironiquement, la sonnerie du téléphone semble vouloir me dire non. Hélène décroche :

— Allô! Ah! bonjour, commissaire. Je ne...

— Passez-moi l'appareil...

On signifie rarement des mandats d'amener par téléphone. Je peux sans crainte affronter l'homme de la Tour Pointue :

— Allô.

— Salut, Burma. Vous pouvez tranquilliser votre copain.

— Quel copain?

— Frédéric Baget. Il est hors de cause. Nous avons trouvé l'assassin de Rachel Blum.

— Ah! tant mieux. Qui est-ce? Un rôdeur?

— Un parent de la victime. Un nommé Michel Issass. Ses empreintes correspondent à une de celles relevées sur le poignard nazi.

– Pourquoi a-t-il fait ça?

– Il ne nous l'a pas dit.

Je ricane :

– Peut-être parce qu'il y a trop peu de temps qu'il est entre vos mains.

– Il est mort, mon vieux.

– Vous l'avez frappé si fort?

– Il était mort avant...

Rapidement, il me met au courant de ce que je sais déjà. Je pousse quelques exclamations de surprise parfaitement imitées, puis :

– Eh bien, alors, quelle famille, ces Blum! L'autre jour la fille; aujourd'hui le... le quoi, au fait?

– Cousin.

– Qu'est-ce qu'ils disent de tout ça, les survivants?

– Pas grand-chose. Ils sont abrutis.

– Vous êtes allés chez eux?

– Bien sûr. L'enquête ne fait que commencer, mais, pour moi, il s'agit d'une sombre histoire de famille.

– Sans doute. Bon. L'essentiel, c'est que Baget soit hors de cause. Merci d'y être allé mollo.

Je raccroche :

– Ouf! Ida n'a rien dit.

– De ce côté, fait Hélène, il y a donc de l'espoir, pour vous. Vous allez aller la voir?

– Je ne sais pas.

Je regarde ma montre. Plus de midi.

– On va aller déjeuner. Mais, auparavant, il faut que j'annonce la bonne nouvelle à Baget.

Je le fais. Le peintre exulte, ses remerciements n'en finissent plus. J'y coupe court.

— Votre histoire de poste restante n'est peut-être plus nécessaire, à présent, dit Hélène.

— On ne sait jamais.

— Je vais appeler Reboul. Pendant que vous discutiez avec Dédé et compagnie, dit-elle en composant le numéro de notre agent, j'ai examiné ce timbre. Je n'en sais pas plus long qu'avant. Je vais communiquer le tout à Reboul... Allô, Reboul? Ici, Hélène...

Elle lui explique ce que nous attendons de lui. Puis, elle glisse timbre et carte d'identité dans une enveloppe à son adresse. Au moment de quitter enfin ce sacré bureau, le téléphone remet ça. C'est Suzanne Rigaud.

— J'ai votre tuyau, dit-elle.

— Alors?

— A la réflexion, l'employé qui a pris, l'autre matin, la communication téléphonique de Ditvrai, n'est pas du tout certain que ce soit lui qui ait téléphoné. Il est vrai que l'appel semblait venir de loin.

— Oui, de très loin. Merci, Suzanne. Au revoir.

En reposant le combiné sur ses fourches, le timbre tinte. Le dernier son du glas à retardement de Ditvrai.

CHAPITRE XIII

De retour du restaurant, j'allume ma pipe, puis :

— Avec ce que nous savons, un peu d'imagination, et en supposant beaucoup, voici comment je vois le topo : Ditvrai était sur la piste de Josiah Bramovici. Il devait avoir déjà plus ou moins situé la famille qui l'héberge. S'il faisait le siège de Rachel, ce n'était pas pour coucher avec (encore que l'un n'exclut pas l'autre), mais pour obtenir confirmation de ses soupçons. Et Rachel allait peut-être flancher, ce qui n'a pas plu à Issass, lequel devait être dévoué corps et âme à Bramovici. Alors, Issass s'arme de son poignard nazi et va rôder autour de l'atelier de Baget. Il devait savoir que Ditvrai avait amené la jeune fille à cette réception. Il rôde donc, ce qui prouve qu'il n'a peut-être pas pris une détermination bien précise. Car, enfin, Rachel est entrée avec Ditvrai ; elle ressortira certainement avec lui. Il ne doit pas pouvoir espérer les tuer ensemble.

— Il transporte tout de même ce poignard, dit Hélène.

– Certes, mais... Je ne veux pas lui chercher des circonstances atténuantes, j'essaie de comprendre. C'était un comédien, ce gars-là. Peut-être s'était-il armé pour se donner simplement une impression de force, de puissance, à ses propres yeux. Mais pas dans l'intention de tuer.

– Mais il a tué.

– Il a tué. Servi par le hasard, puisque Rachel descend, seule, respirer l'air sur le quai où il fait les cent pas.

– Seule et en trench-coat. Pourquoi ce trench-coat, si elle avait son manteau?

– Elle devait se sentir malade, alors... elle a pris le trench-coat de son copain. Mieux valait salir le trench-coat du copain que son propre manteau.

– Logique précautionneuse d'ivrogne.

– Ça existe. Elle descend donc. Issass l'aborde. Ils doivent s'engueuler. La concierge de Baget n'a rien entendu, mais vous pensez bien qu'ils ne devaient pas pousser des hurlements et puis, ils ne se tenaient pas obligatoirement sous la fenêtre de la loge. La discussion s'envenime et Issass « pique », comme on dit, sa cousine. A la fois adroitement et maladroitement. Dans son ivresse, Rachel prend le coup de lame pour une bourrade – en tout cas, elle ne crie pas –, se dégage et remonte chez Baget, où elle meurt dans une pièce où personne ne s'aventure. Et admirez l'ironie des choses, Hélène. Issass frappe mortellement Rachel pour qu'elle ne parle pas, au moment même où Ditvrai a renoncé à lui tirer les vers du nez.

— Comment ça?

— C'est Ditvrai qui me l'a dit lui-même. Il m'a dit : « Je m'étais aperçu qu'il y avait maldonne, que je faisais fausse route. » Ça ne voulait pas seulement dire qu'il avait perdu tout espoir de coucher avec – préoccupation secondaire –, mais qu'en ce qui concernait Bramovici il se heurtait à un mur. Et voilà pourquoi, quand il est parti de chez Baget, entraîné par des copains vers d'autres endroits humides, il ne s'est pas occupé de savoir où était ou n'était pas Rachel. Mais vous pensez bien que si la fille avait été disposée à parler, il l'aurait couvée. D'accord?

— D'accord.

— Revenons à Issass...

— Et à son poignard. Pourquoi l'a-t-il abandonné dans le caniveau?

— Il a dû lui échapper des mains quand il a porté le coup. Mon avis est que si, plus tard, voyant comment tournaient les choses, il a repris furieusement du poil de la bête, sur le moment, son acte accompli, il n'en menait pas large. Alors, il ne songe plus au poignard – ou le poignard a roulé sous une auto et est inaccessible – et file.

— Se coucher?

— Se faire passer un savon.

— Par qui?

— Bramovici. Car, de deux choses l'une : ou il a agi à l'instigation du truand traqué, ou de sa propre initiative. Dans le premier cas, il a échoué dans sa mission. Savon. Dans le second, ça n'est pas mieux. Cet acte inconsidéré va provoquer des remous, Ditvrai va se persuader qu'il est de plus en plus sur la bonne piste. Savon encore. Ils ont dû passer une drôle de nuit, les deux lascars. Le lendemain, Rachel n'est pas rentrée chez ses parents. A-t-elle suivi Ditvrai à son hôtel? Issass sait où demeure Ditvrai. Il va voir. J'ai toujours eu l'impression, en présence du journaliste, qu'il avait reçu, avant la mienne, une ou plusieurs autres visites. Rachel n'est pas chez Ditvrai. Elle doit être restée chez Baget. Alors, l'autre rôde, une nouvelle fois, sur le quai d'Orléans. Et il assiste à l'arrivée des flics, au départ du corps. Retour auprès de Bramovici. Rachel est morte. Là-dessus, les Blum signalent à la police la disparition de leur fille. Identification, etc. Version des flics : crime de rôdeur. Ça doit plonger Bramovici dans une certaine perplexité, car il sait bien, lui, par Issass, que le cadavre n'a pas été découvert dans la rue, et j'ignore si cela influe ou non sur la suite des événements, mais la suite, je la vois comme si j'y avais participé. Rachel a-t-elle fait ou non des confidences à Ditvrai? Dans le doute, Bramovici ne s'abstient pas. Ditvrai est dangereux. La mort de Rachel va le rendre plus dangereux encore, car il y verra la confirmation de ses soupçons. Alors, Issass retourne auprès de Ditvrai et, sous un prétexte quelconque, l'attire dans un guet-apens auquel ils se rendent à bord de la Dauphine du journaliste. Plus tard dans la nuit – Ditvrai mort ou en instance de décès – Issass revient à l'*Hôtel de l'Ile*...

– Sans que personne le remarque?
– Faut croire.

– On y entre comme dans un moulin, alors?

– Presque. Issass s'introduit dans la chambre de Ditvrai et... Vous savez le reste. Outre le dossier compromettant, il emporte la valise et quelques frusques pour laisser croire à un départ en voyage, départ qu'il accréditera dans la matinée par un coup de téléphone pour que les hôteliers ne s'inquiètent pas de l'absence du reporter, cc qui pourrait avoir de fâcheuses conséquences, etc.

– Oui, dit Hélène. Tout cela est bel et bon, mais... entre autres points encore obscurs : les photos?

– Quelles photos?

– Celles représentant Ditvrai. A moins qu'il ne se soit jamais fait photographier. Ça m'étonnerait. Il exerçait un métier où ce ne sont pas les occasions qui manquent et, d'ailleurs...

– Oui. Nous avons cette photo de lui en compagnie de la belle dépoitraillée.

– Alors? Ces photos personnelles, vraisemblablement rangées dans une enveloppe à part, pourquoi Issass s'en est-il emparé? Il est difficile de croire – quoique avec les hommes, on ne sache jamais, évidemment – que sur toutes, il figurait en aussi capiteuse société.

– En l'admettant, j'aurais retrouvé tout le lot chez Issass.

– Alors? Certaines de ces photos devaient être très ordinaires. Pourquoi Issass s'en est-il emparé?

– Aucune idée. Mais l'explication se présentera peut-être un jour. En attendant...

– En attendant, n'abandonnez pas votre boule de cristal et dites-moi qui a tué Issass. Ce ne peut être Ditvrai, n'est-ce pas, en dépit de la Dauphine ?

– C'est Bramovici. Tous ces événements ont dû l'énerver – le sol, déjà chaud sous ses pieds, est devenu brûlant – et Issass avait peut-être commis une bêtise – en discutant avec moi, par exemple. Ou, peut-être, s'agit-il d'une liquidation générale, soldes après inventaire. Vous comprenez, si Josiah Bramovici est venu se terrer dans le quartier juif, ce n'est certainement pas *ad œternum*. C'est une halte, une reprise de souffle avant un nouveau départ. Il doit attendre quelque chose, un signal quelconque. Ce signal a peut-être été donné. C'est pourquoi... je disais tout à l'heure : je vais aller prendre le vent du côté des Blum. Je me demande si c'est utile. Je suis persuadé que les Blum lui ont offert asile : la Dauphine de Ditvrai stationnait dans leur cour, rue des Rosiers. Je ne l'ai pas reconnue tout de suite, même lorsque le chien et le chat, en se bagarrant, ont fait tomber une des couvertures, mais c'était elle. Je suis également persuadé que Josiah Bramovici n'est plus chez eux. Que le signal attendu ait été donné ou que les événements sanglants de ces jours-ci aient précipité les choses, il a fui.

– Mais les Blum sont tout de même complices de ce saligaud.

Je hausse les épaules :

– Sait-on jamais ? Ils ont pu céder à la force, à la menace. En tout cas, tant que je n'en sais pas plus long sur leur compte, je n'ai pas voulu accepter l'association que m'offrait Moyes. Il est assez sympathique, ce Moyes, mais il me semble trop disposé au carnage, pour mon goût. A mon avis, les Blum ont déjà payé assez cher l'hospitalité qu'ils lui ont offerte à Bramovici. Leur fille est morte.

— Alors, vous abandonnez?

— Je n'abandonne pas, mais, en dépit des explications que je viens de vous fournir, je me trouve devant un mur. Et puis, qu'est-ce que tout cela peut me fichc? Je ne suis un pourvoyeur ni de badge ni de bourreau, mais j'aurais volontiers fait une exception pour l'exceptionnel Bramovici, je l'avoue. Malheureusement, je crains fort qu'il ne soit au diable, à cette heure. Alors? Fred Baget m'a payé pour que je fasse éclater sa bonne foi. C'est fait. Grâce à Faroux plus qu'à moi, d'ailleurs.

— Dédé aussi vous a payé.

Je soupire :

— Pour rechercher Samuel Aaronovicz. Un type qui n'existe pas ou qui, s'il existe, se confond avec Bramovici. Or, comme Bramovici, ainsi que je viens de vous le dire, a dû mettre les adjas... Je vais me débrouiller pour rendre mes billes, dans l'association Dédé.

Hélène sourit. Elle secoue sa jolie tête, faisant voltiger ses cheveux autour de son visage :

— Je ne crois pas que vous puissiez vous en tirer comme ça... vis-à-vis de vous-même. Après tout, qui vous dit que Bramovici a fui? Jusqu'à présent, sa cachette était sûre, puisque aucun de ceux qui le traquent ne l'a découverte. Elle peut continuer à l'être, même après tous ces meurtres.

198

Je soupèse l'argument, puis :

– Oui... peut-être... Il faut que je voie Ida.

– Ida, oui-da, ironise Hélène. Elle vous a à la bonne, cette fille. Elle vous communique l'adresse d'Issass, apprend ensuite qu'Issass a été assassiné dans la nuit et cache cette information à la police. Après ça, je crois que vous pouvez tout lui faire, à cette Ida.

– Tout lui faire? Qu'est-ce que c'est que ces propos?

– Tout lui demander, je veux dire.

– A condition qu'elle sache quelque chose.

– Vous pouvez toujours essayer.

– Oui, mais en y allant mollo, et pas chez les Blum. Il me faudrait son nom et son adresse...

J'attrape l'annuaire rues et cherche si les Blum ont le téléphone. Ils ne l'ont pas. Parfait. Leur voisin immédiat, un nommé Hertz, « fourn. pr taill. », doit leur en tenir lieu. Je peux tenter le coup.

– Allô! Je m'excuse de vous déranger, monsieur, mais... voilà... je voudrais parler à une employée de M. Blum, le casquettier. Mlle Ida. Vous connaissez, peut-être?

– Oui, je connais, répond « fourn. pr taill. »

– Ida Cohen, n'est-ce pas?

– Ah! non, monsieur. Je connais Mlle Ida, de chez M. Blum. Ida Scherman, mais pas Cohen.

– Ida comment?

– Non, pas Coman. Scherman.

– On m'avait dit Cohen.

– Ah! non, monsieur. Pas de Cohen ici.

– Alors, c'est une erreur. Excusez-moi.

Je raccroche. Pas de Cohen ici.

— Voilà toujours pour le blaze, dis-je. Ida Scherman. Je ne sais pas ce qu'il signifie, mais c'est plus joli.

— Elle est jolie aussi?

— Pas mal. A vous de jouer, Hélène. Procurez-vous l'adresse d'Ida Scherman. Pour ces sortes de trucs, une femme se débrouille mieux qu'un homme. Et puis, la rue des Rosiers, j'en ai un peu marre, et je commence à y être connu. Allez là-bas et rapportez-m'en l'adresse d'Ida.

— Tout de suite?

— Le plus tôt sera le mieux.

— Et vous, pendant ce temps?

— Je vais rester ici, à cogiter.

Je cogite un bon moment, en tête à tête avec une bouteille de vodka, mais sans avancer beaucoup. Tout ce qu'on pouvait supposer, je l'ai supposé. Le temps passe. La sonnerie du téléphone me tire de ma rêverie. Je bâille dans le micro un « Allô » ouaté.

— Encore moi, Burma. Faroux. Je vous réveille?

— Salut, Faroux. Non, non. Pas du tout.

— Nous avons eu un petit pogrome, cette nuit. Je viens de l'apprendre à l'instant.

— Pogrome?

Je regarde la bouteille de vodka. Vodka... tsar... cosaques... pogrome... Je ricane :

— Demandez le pogrome.

— Je ne suis pas d'humeur à plaisanter, Burma.

— Bon, bon. Ne plaisantons pas. Bon sang! Kek vous v'lez?

– Qu'est-ce que vous m'avez dit, l'autre jour, à la Boîte? Que vous aviez eu, dans le temps, une copine du nom de Rachel Blum.

– C'est exact. Rachel Blum. Mais la mienne n'était pas la nôtre, si vous voyez ce que je veux dire.

– Et aussi un copain appelé Samuel Aaronovicz?

– Oui... Sam... Samuel Aaronovicz...

Ma main se crispe sur le combiné. Je sens la sueur perler à mon front et des gouttes me dégouliner le long du visage.

– Comment était-il, cet Aarontruc? Quel âge?

– A l'époque... avant-guerre... je ne sais pas... trente-cinq, par là? C'était un gars...

Je trace un portrait bidon. Et pour cause. Des bouffées de chaleur me submergent.

– Ce n'est pas le mien, dit Faroux.

– Le vôtre? Vous avez un Aaronmachin sous la main?

– Un type un peu demeuré, paraît-il, qui travaillait au Marché aux Fleurs et qu'on a trouvé pendu dans la boutique de sa patronne, ce matin.

Il prononce encore deux ou trois phrases. Je les entends sans les comprendre, et il raccroche. Je reste immobile, figé, le regard à des kilomètres, à des heures en arrière, les doigts crispés autour du combiné et le combiné toujours à hauteur de mon visage. Samuel Aaronovicz!... Il existait bel et bien, quoi qu'on dise! Il avait existé! Un type un peu demeuré... travaillant au Marché aux

Fleurs... trouvé pendu ce matin... pendu cette nuit, sans doute... au milieu des fleurs... les roses... le mimosa... les jacinthes... les œillets...

Les œillets.

Rouges... odorants... comme celui dont s'adornait la boutonnière du pardessus court d'Issass.

Je me lève. J'ai besoin de prendre l'air. C'est quand même moi qui l'ai assassiné un peu, Samuel Aaronovicz!

Je file vers la Cité. Je gare ma bagnole sur le parvis Notre-Dame et gagne le Marché aux Fleurs. Je vais et viens entre les étalages diaprés, parmi les piaillements des oiseaux en cage, le parfum des fleurs et l'odeur végétale et humide des garnitures de bouquets, essayant de glaner quelques renseignements sur le pendu. Sans succès. Faroux m'en a appris davantage. Dans la der du *Crépu,* que j'achète au kiosque du boulevard du Palais, je lis que le mort s'appelait Samuel Varon. Depuis la sortie de cette édition, les flics ont restitué son véritable nom au type. En tout cas, Varon, Baron, Caron ou Larron, cet Aaronovicz n'est pas Bramovici. J'ai hâte de revoir Hélène, pour lui annoncer la nouvelle. De la cabine téléphonique d'un bistrot, j'appelle le bureau. Rue des Petits-Champs, personne ne décroche. Hélène doit toujours battre le ghetto en quête de l'adresse d'Ida Scherman. Je vais aller la retrouver.

Je remonte lentement la rue des Rosiers, attentif à ne pas accrocher les piétons nonchalants qui semblent disposer de l'éternité pour traverser. En passant, je jette un coup d'œil dans la cour des

202

Blum. L'auto – la Dauphine de Ditvrai – qui y stationnait l'autre jour, sous des couvertures, n'y est plus. Je ne m'attendais pas à l'y voir encore. Je ne m'attendais pas beaucoup non plus, toutes réflexions faites, à rencontrer Hélène. Après avoir roulé sur toute la longueur de la rue des Rosiers, je m'insère, par la rue Mahler, dans le trafic de la rue de Rivoli.

La tour Saint-Jacques, lorsque se dresse devant moi sa silhouette, me fait songer à Margot, Dédé, etc. Eh bien, je le lui ai dégoté, son Aaronovicz! Il est peut-être temps que je l'en informe et que nous en restions là.

Je m'engage à pied dans la rue Nicolas-Flamel, à la recherche de Margot. Elle saura me dire où trouver son homme, pour rendre compte. Je remonte le chapelet de tapins, sourd à leurs sollicitations murmurées.

Enfin, j'avise la jeune femme. Mais elle m'avise aussi, volte, et s'éloigne rapidement dans un clac-clac-clac de hauts talons. Qu'est-ce que c'est que ce turbin? Je la rattrape à l'angle de la rue Pernelle, au moment où elle s'apprête à entrer dans un café :

– Eh bien, quoi, Margot, je vous fais peur?

Elle sourit, d'un sourire gêné, pas très franc, pas très rassuré non plus. Elle s'éclaircit la voix :

– Vous... vous cherchez Dédé?

– Tout juste.

– Il vous a téléphoné, hein? Vous avez reçu son coup de fil?

– Non. Il devait me téléphoner?

— Oui.

— Pourquoi?

— Je ne sais pas.

— Bon. Nous avons tous deux des choses à nous dire, alors. Où puis-je le trouver?

— Venez avec moi.

Elle m'entraîne dans le bistrot, peuplé de tapins soufflant entre deux passes, de petits gars pensifs.

— Attendez-moi.

Elle entre dans la cabine téléphonique. Derrière le comptoir, le « mouchard » retentit, lorsqu'elle compose son numéro. Je commande une consommation. Margot sort de la cabine.

— Restez là, dit-elle. Il va vous appeler.

Je hausse les épaules :

— En voilà, une comédie. Enfin... Prenez un verre?

— Non, merci. 'voir, m'sieu.

Elle s'en va. Une minute plus tard, le téléphone sonne. C'est pour moi.

— Allô! Dédé?

— Oui, m'sieu Burma. Dites donc, je vous ai payé pour quoi?

La voix est sèche, coupante.

— Rechercher Aaronovicz et justement...

— Ouais, ouais. Vous êtes allé un peu plus loin, hein?

— Que voulez-vous dire?

— Bramovici, je veux dire. Vous me prenez pour une andouille, papa? Vous aviez promis d'être régule, franc et loyal. Tu parles! Va falloir marcher droit, maintenant, m'sieu Burma, c'est moi qui vous le dis...

204

Sa voix tremble de colère contenue :

– Et puisque vous vous intéressez à Bramovici, c'est lui que vous allez m'amener, maintenant.

– Écoutez...

– Non. C'est vous, qui allez écouter.

Il ricane :

– Si elle consentait à tapiner, elle ferait un malheur, hein?

Aujourd'hui, pour moi, le téléphone remplace les bains de vapeur. Mes mains deviennent moites, je recommence à transpirer, du visage et du corps. Là-bas, au bout du fil, l'appareil change de main et la voix d'Hélène me parvient comme à travers une brume :

– Ils m'ont kidnappée, patron.

Elle est au bord des larmes, mais se domine, et trouve le courage de plaisanter :

– C'est déjà arrivé à une autre Hélène.

– Hélène, Hélène, je fais.

Je n'ai même plus la force de jurer.

– Alors? demande Dédé revenu en ligne.

Je crache une injure particulièrement ignoble. Ça ne l'émeut pas :

– Les grossièretés n'arrangeront rien, papa, dit-il. On vous la rendra, votre Hélène. Quand vous nous aurez dégauchi Bramo. Pas avant.

– J'ai trouvé Aaronovicz...

– M'en fous, d'Aaronovicz. C'est Bramo, le gros pacson. C'est Bramo, qu'il me faut. Démerde-toi pour nous l'apporter...

Il me tutoie maintenant. Le tutoiement, si fraternel, si doux, parfois, comme il peut, aussi, exprimer le mépris, la toute-puissance dédaignarde.

— ... Et on te rendra ton Hélène. Bramo, Burma. Si j'ai bien compris, t'es déjà pas mal avancé, dans ton boulot. Encore un chouïa, et ça y est. Quand tu l'auras, le Bramo, tu reviens au bistrot où t'es en ce moment. Je le saurai. Je t'appellerai. Salut, quart de flic! Oh! à propos... Pas un mot aux flics, aux autres, aux vrais, hein?... Sinon...

Je ne sais pas si c'est de la friture, si c'est réel, si ça a un rapport avec les menaces ou quoi, mais j'entends comme un lointain cri de douleur, un cri aigu, un cri de femme qu'on maltraite.

— Dédé! je fais. Nom de Dieu! Dédé!

Il raccroche. J'en fais autant, d'un geste lent, lourd, fatigué. Je quitte la cabine.

— Eh bien, mon coco, t'es tout pâle. Viens avec moi, je te redonnerai des couleurs.

J'écarte le tapin et sors dans la rue. Je me dirige vers ma voiture en titubant comme un homme ivre. Ivre, je le suis vraiment, un peu plus tard. C'est tout ce que j'ai trouvé de plus intelligent à faire. Me soûler à mort.

CHAPITRE XIV

A quatre heures, le lendemain après-midi, nous nous engageons, ma gueule de bois et moi, dans la rue des Blancs-Manteaux. La maison où je me rends a conservé ses balcons ventrus en fer forgé et son portail, de je ne sais quel siècle. Sur la cour aux pavés ronds, donnent l'atelier d'un fabricant d'enseignes et la loge de la concierce.

— Mme Scherman, s'il vous plaît?

— Au second. Mais je ne crois pas qu'elle soit chez elle.

— On m'a dit que sa fille...

La bignole hausse philosophiquement les épaules :

— L'escalier du fond.

Je gravis l'escalier indiqué, aux marches larges, usées mais encore belles, à la rampe ouvragée. Au second, je m'arrête devant une porte peinte en brun, à la poignée de cuivre réclamant un coup de fion. Je la heurte, d'un index recourbé. Puis, j'avise une sonnette et l'actionne. Un timbre grêle retentit, meurt doucement. Personne ne répond. Deux étages plus bas, une camionnette entre dans la cour, klaxonne. J'entends des gens s'interpeller, s'agiter, se livrer à toute une manutention. Je resonne. Au bout d'un moment, je perçois un frôlement de pas derrière l'huis. Je tousse et appuie à nouveau sur la sonnette.

— Oui? fait une voix basse, encombrée.

— Mlle Ida Scherman, s'il vous plaît.

— Qui êtes-vous?

— Police.

Le mot magique. Le sésame. Qui provoque une giclée de plomb ou l'ouverture des portes, selon les circonstances. On entrebâille celle que j'ai devant moi. Ida m'apparaît dans l'encadrement, à contre-jour, échevelée, mastiquant je ne sais quoi. Elle est pieds nus dans des savates et une robe de chambre, trop vaste pour elle, l'enveloppe. Elle me reconnaît:

— Oh! Police? Vous êtes de la police, monsieur Dalor?

— Secteur privé. Vous n'avez pas oublié mon nom ou est-ce qu'il vous revint à l'instant?

— Je ne l'ai pas oublié.

— Bien. Très bien. Je peux entrer?

Elle détache la chaîne de sécurité. J'entre:

— Je ne m'appelle pas Dalor, mais Nestor Burma. Voici mes papiers. Je les lui tends. Elle les effleure du regard:

— Que voulez-vous, monsieur Burma?

— Bavarder. On m'a dit que vous étiez malade, que vous aviez quitté votre boulot chez le père Blum, hier à midi. Tout ça et votre adresse, pour l'obtenir, ça m'a pris du temps. Enfin, vous n'êtes pas Aaronovicz. Je suis parvenu à vous trouver.

Voyons... vous êtes vraiment malade ou... ou avez-vous peur?

– Je suis malade. Je veux dire... tout ce que j'ai appris m'a bouleversée. La mort de Michel...

– Ce n'est pas moi qui l'ai tué, vous savez. Vous en étiez peut-être pas sûre, et je vous remercie de n'avoir pas dit aux inspecteurs que je rôdais certainement autour de son domicile, l'autre nuit, mais je vous jure que je ne l'ai pas tué. Quand je suis arrivé chez lui, il était déjà mort.

Elle hausse les épaules et se dirige en traînant les pieds vers un divan sur lequel elle s'allonge, ramenant une couverture sur elle. Elle puise un chocolat dans une boîte ouverte à portée de sa main et se le fourre dans la bouche.

– Même si c'était vous, dit-elle, que voulez-vous que ça me fasse? Michel n'était pas intéressant et puis... et puis, ça ne me regarde pas.

– Pourquoi m'avez-vous communiqué son adresse, après avoir hésité?

– Parce que...

– J'avais l'air à cran. Vous vous êtes dit que si je lui cassais la gueule, ça lui serait une leçon?

– Oui. Vous... vous êtes devin?

– Certains jours.

J'attrape un siège et m'assieds à son chevet :

– Vous savez que c'est lui le meurtrier de Rachel, n'est-ce pas?

– Oui.

– Ce sont les flics qui vous l'ont appris ou le saviez-vous déjà?

– C'est la police qui me l'a appris.

– Aux Blum aussi?

– Oui.

– Bramovici, ça vous dit quelque chose?

– Bramovici? J'en ai entendu parler.

Pour qu'il n'y ait pas d'erreur, je lui explique qui est Bramovici, puis :

– Le considérez-vous comme un salaud ou un type digne d'intérêt?

– Un salaud, si ce qu'on dit est vrai.

– C'est vrai, n'en doutez pas. Ces dernières semaines, les Blum n'avaient-ils pas l'air bizarre?

Elle prend un autre chocolat pour se stimuler l'intellect :

– Maintenant que vous attirez mon attention là-dessus... oui, peut-être... un peu nerveux, oui. Mais ils n'étaient pas les seuls. Tous les juifs ont l'air nerveux.

– Comment ça?

– Je ne sais pas. Ça se sent.

Je médite un peu là-dessus, puis :

– Les Blum n'ont pas reçu, récemment, la visite de quelqu'un... disons un parent... qu'ils hébergeraient?

– Pas à ma connaissance.

– Bon. Pourquoi m'avez-vous dit, l'autre soir, après m'avoir fourni l'adresse d'Issass : « Exigez qu'il vous rende votre argent et ne l'écoutez pas. C'est un bluffeur et un sale type? »

– Eh bien... je ne sais pas... peut-être parce que j'estimais que c'était un sale type, en effet. Je le pense toujours, d'ailleurs.

Je secoue la tête :

– Voyons, Ida. Je cherchais Aaronovicz. Je

vous le dis et j'ajoute que Michel se fait fort de me conduire à lui. Moi, je crois, aujourd'hui, que vous savez des choses sur cet Aaronovicz, autour duquel j'ai l'impression qu'une barrière protectrice se dresse, mais le ressentiment que vous éprouvez envers Michel, pour des raisons que je ne veux pas connaître, l'emporte. Toutefois, vous essayez encore de protéger Aaronovicz, dans la mesure du possible. D'où votre : « Ne l'écoutez pas, c'est un bluffeur. » Vous voulez ruiner Issass dans mon esprit pour que je n'attache aucune importance aux propos qu'il pourra me tenir. C'est bien cela?

Elle ne répond pas tout de suite. Elle courbe la tête, rougit.

— Parlez-moi d'Aaronovicz, Ida. Vous pouvez, maintenant. Il est mort. Je ne vous apprends rien, n'est-ce pas?

— J'ai lu les journaux. Ils l'appellent Varon, mais ma mère m'a dit que c'était Samuel Aaronovicz. Je savais qu'il vivait sous un autre nom que le sien, d'ailleurs.

— Pourquoi?

Elle ne dit rien. Elle pêche un chocolat dans la boîte, le croque et se lèche les doigts. J'insiste et, enfin elle se décide :

— Pour échapper à la curiosité des journalistes. Il a assez souffert comme ça et les journalistes n'ont jamais eu pitié de lui. Chaque fois qu'ils ont pu, ils l'ont tourné et retourné sur le gril.

— Pourquoi?

— A cause de la cachette que ses parents s'étaient aménagée dans le quartier juif...

Je sursaute si violemment que je manque dégringoler de ma chaise :

– Une cachette?

Je pense à Anne Frank et aussi au G.I. déserteur et père de famille, arrêté récemment, qui vivait depuis quatorze ans sous une marche d'escalier, dans la maison d'une paysanne, à Origny (Aisne), et c'est une histoire qui tient de ces deux-là que me raconte Ida, m'avertissant loyalement qu'elle ne peut affirmer qu'il ne s'agit pas d'une légende. Elle était une enfant, à l'époque, et vivait en province, repliée depuis 40, et tout ce qu'elle sait, elle le tient de ses parents. Donc, les Aaronovicz, paraît-il, s'étaient, sous l'Occupation, aménagé une cachette pour échapper aux Allemands. Ils y avaient vécu pendant des mois à l'insu de tout le monde, ou presque. La Gestapo les avait tout de même découverts – peut-être sur dénonciation –, déportés, et ils étaient morts là-bas. Tous. Seul, Samuel en était revenu. A moitié imbécile et ne désirant qu'une chose : oublier. Mais son histoire était trop belle. Les journalistes l'avaient assiégé, insatiables. Comme parler de cela lui rappelait trop de mauvais souvenirs, qu'on le faisait tourner à l'attraction foraine, de vieux juifs sagaces l'avaient pris en pitié et il avait été décidé qu'on ne répondrait plus jamais aux demandes de renseignements le concernant et qu'on ferait comme s'il n'avait jamais existé. Il avait, d'ailleurs, quitté le quartier. Voilà pourquoi je m'étais heurté partout à des visages de bois. Il était possible, en outre, que parmi ceux que j'avais interrogés, il en en eût qui n'aient jamais entendu parler de Samuel. Les événements, sans remonter aux calendes, se perdaient un peu dans le temps, de vieux habitants du ghetto étaient morts, d'autres étaient partis, ceux installés là depuis moins de dix ans n'étaient pas au courant...

— Et où était-elle, cette cachette?

— Je ne sais pas et, je vous dis, il s'agit peut-être d'une légende.

— Votre mère pourrait peut-être me renseigner davantage?

— Peut-être, oui. Vous voulez l'attendre? Elle ne va pas tarder.

Je l'attends. La mère d'Ida, quand elle rentre, manifeste bien un peu de surprise de me trouver au chevet de sa fille, mais comme ma bobine semble lui revenir, ça se tasse. Ida lui explique ce que j'espère d'elle et j'invente un bobard quelconque pour justifier ma curiosité. Si Samuel Aaronovicz n'était pas mort, Mme Scherman ne me raconterait certainement rien, mais comme il est mort... Elle confirme le récit de sa fille, puis :

— C'était rue du Bourg-Tibourg. Deux pièces très habitables, paraît-il, dans un deuxième sous-sol. Je ne sais pas quel numéro. Mais la maison est très reconnaissable. Elle n'a plus de fenêtres. On doit la démolir bientôt.

— Croyez-vous que cette cachette soit encore utilisable?

— Je ne pense pas. Les Allemands ont dû la détruire.

— Beaucoup de monde était au courant? Je veux dire, depuis la Libération.

— Certains savaient, d'autres ne savaient pas. Moi-même, je me demande parfois si c'est réel, tout ça. Personnellement, je n'ai jamais vu la cachette.

De la rue des Blancs-Manteaux à la rue du Bourg-Tibourg, il n'y a pas loin. Par les rues des Guillemites et Sainte-Croix-de-la-Bretonnerie, j'y suis dix minutes après avoir pris congé des Scherman. La maison en question est vraiment sinistre, vénéneuse au possible surtout à cette heure crépusculaire et sous le méchant crachin qui tombe. Sa façade s'écaille. Elle a trois étages et toutes ses fenêtres sont murées. Un des battants du monumental portail de bois est couvert d'affiches, la plupart en hébreu, et d'inscriptions à la craie. Sur l'autre, est fixé un avertissement émaillé : DANGER. De part et d'autre de ce portail, deux boutiques abandonnées, closes et sales, aux enseignes effacées. Je reste un moment en contemplation devant cette triste bâtisse, puis je la contourne par la rue de la Verrerie. A droite, faisant suite à la rue des Mauvais-Garçons, la rue de Moussy m'offre, au-delà d'une palissade, le spectacle d'un chantier de démolition. La maison aveugle doit faire partie d'un îlot voué au pic des urbanistes.

Un peu plus tard, au bistrot de la rue Pernelle, j'attends, devant un verre. Une heure, deux heures passent. Des tapins entrent, discutent, sortent. Le téléphone sonne plusieurs fois, mais ce n'est pas pour moi. Enfin, Dédé m'appelle. Il ricane :

— Dis donc, tu fais vite, quand tu veux, hein?

Ou c'est simplement pour avoir des nouvelles de ta souris?

— J'espère qu'elle va bien, hein?

— Oui. Nous ne l'avons pas encore bouffée.

— Bon. Je tiens quelque chose. Il faut y aller à plusieurs et armés.

— Où ça?

— Outillés, aussi. Il faudra casser une lourde ou deux.

— Ouais. Où ça?

— Je t'attendrai au coin de la rue du Bourg-Tibourg et du Roi-de-Sicile.

— On arrive. Tu sais ce que tu fais, hein? Pas d'entourloupe.

— Ne rapplique pas tout de suite. Il faut attendre que tout roupille, dans le coin.

— On arrive quand même. On attendra là-bas et, pendant ce temps, tu nous expliqueras. Je me rendrai compte s'il s'agit d'une entourloupe.

Ils s'amènent à quatre. A cinq, même, en comptant celui qui conduit la traction et qui se débine, après avoir déposé ses copains au carrefour. Il y a Dédé, le rondouillard, l'Angliche et un autre truand. Ils m'entourent :

— Accouche, souffle Dédé.

— De la connerie, crache le rondouillard, toujours égal à lui-même.

— Ta gueule, Chichi-Frégi. Accouche, Burma.

— Suivez-moi et gaffez la baraque aux fenêtres murées.

Nous avançons dans la rue du Bourg-Tibourg en ordre dispersé. Dédé marche à mes côtés et j'ai

Chichi-Frégi sur mes talons. Ils sont tous deux frileux de la main droite. Elle ne quitte pas leur poche de pardingue. L'Angliche et le quatrième à la belote viennent derrière à une courte distance. Nous dépassons la maison abandonnée :

— Alors ? demande Dédé.

— C'est là-dedans qu'il se cache. Ou plutôt... je ne veux pas te dorer la pilule, il s'y est caché. Peut-être n'y est-il plus, peut-être y est-il encore. De toute façon, je ne pouvais pas vérifier tout seul.

— Là-dedans ? Où ça, là-dedans ?

— Dans la cave qui a déjà servi à la famille Aaronovicz, sous l'Occupation. C'est pour ça que vous recherchiez Aaronovicz, hein ? Pour lui arracher son secret de famille. A Londres, l'Angliche a dû, un jour, entendre parler d'Aaronovicz et d'une planque, mais sans autres détails, par Josiah Bramovici, et lorsque celui-ci a disparu...

— Peut-être.

— On dit que t'as du pot, Dédé. C'est vrai. Parce que, enfin, ton pote l'a entendu parler d'Aaronovicz et d'une cachette parisienne et il conclut d'autor que c'est là qu'il va se réfugier... Vous êtes tombés pile, mais il aurait pu aussi bien aller ailleurs.

— T'occupe pas.

— A moins que quelque chose de particulier ne l'attire à Paris, et que tu saches quoi.

— T'occupe pas. Alors, tu crois qu'il est là.

— S'il n'y est pas, il y a été.

— Et s'il n'a fait qu'y être, ça me fera une belle guibolle, hein ? J'ai l'impression que tu me lances un os à ronger, pas plus.

216

— C'est moi le détective. C'est une piste. On ne peut pas ne pas la vérifier. Et il fallait être plusieurs. C'est un coriace, Bramo.

— Ça va. On entre là-dedans quand?

— Quand à peu près tout le monde roupillera.

Nous poursuivons notre marche sous le crachin glacé. Au bout d'un moment, Dédé dit :

— Détective! Ouais. Tu l'as tout de même dégoté, Aaronovicz.

— Oui.

— Il a été dur à la détente?

— Je ne l'ai pas vu. J'ai simplement demandé après lui. Mais au lieu d'y aller mou, comme vous, j'ai fait de l'esbroufe. Un drôle de mec, cet Aaronovicz. On dit que les morts ne parlent pas. Eh bien, lui, c'est le contraire. Il a suffi qu'il meure pour que j'en apprenne long sur lui.

— Il est mort?

— De la mort qui attend ton copain l'Angliche. Pendu. C'est Bramo qui l'a fait buter, parce qu'il a compris qu'un jour ou l'autre, je parviendrais jusqu'à lui. Vos recherches, s'il en a eu connaissance, ne l'ont pas inquiété autre mesure, mais, moi, il a vu que c'était plus sérieux.

— Nous n'avons pas la manière, ricane Dédé.

Dans la rue du Bourg-Tibourg déserte, lavée par la pluie, aucun passant ne se hasarde. A chaque extrémité, un guetteur veille, dans un trou d'ombre qui l'absorbe. De rares lumières falotes percent l'obscurité des façades. Seul, le café-hôtel qui fait l'angle est ouvert, mais vide de clients. Le truand que je ne connais pas nous rejoint, Dédé et moi :

— Pas besoin de la pince. La lourde d'une des anciennes boutiques a l'air fermée, mais je l'ai poussée et elle s'est ouverte. Sans grincer.

— Huilée, hein? C'est la preuve qu'on l'a utilisée récemment.

— Allons-y, fait Dédé.

— Pas encore, objecte l'autre. J'ai dans l'idée qu'on me gaffait. Je vais voir.

Il s'en va et revient, rassuré et rassurant :

— J'ai dû me gourer. Personne.

Rapidement, Dédé rameute sa clique et nous nous introduisons en silence dans la boutique désaffectée, au sol jonché de gravats et de vieux papiers. Je me suis muni d'une torche électrique. Chichi-Frégi également. L'éclat des lampes arrache des éclairs aux revolvers de fort calibre que Dédé et l'Angliche ont mis au poing. Pour suivre le mouvement, je sors mon propre feu. Chichi-Frégi m'imite. S'il n'y a personne, ce que je crains, nous aurons bonne mine. Par une porte pratiquée dans le fond, nous accédons à une cour. Nous trouvons facilement l'entrée des caves, et y descendons, dérapant sur les marches traîtresses et chassant quelques rats sous l'action de nos lampes.

Au bout de plus d'une heure de recherches, nous finissons par découvrir, dans la partie reculée d'une cave, une dalle mal jointe qui branle sous le poids d'un homme. Le truand à la pince-monseigneur l'attaque avec son outil. Curieux spectacle, pour qui nous surprendrait. Le type avec sa pince, s'acharnant sur le bloc de pierre, et nous autres autour de lui, braquant sur le trou qu'il va démasquer les faisceaux lumineux de nos lampes et les canons de nos pétards. La dalle bascule et une bouffée d'air pestilentiel manque de nous renverser. Dédé jure :

— Il n'y a sûrement personne, là-dedans.

— Allons voir, dis-je.

— A toi l'honneur.

J'aperçois les barreaux supérieurs d'une échelle qui s'enfonce dans les ténèbres malodorantes. Je m'y aventure et parviens en bas sans encombre. Les autres me suivent. Nous promenons en tous sens les rayons de nos torches. L'endroit, sommairement meublé, en piteux état de conservation, toutefois moins humide qu'il n'était à craindre, grâce, certainement, à un invisible système d'aération, est habitable, et a été habité. Une table de nuit, à la tête d'un lit de camp, contient des bougies et des conserves. Je regarde si elle ne recèle rien de plus intéressant. Non. Chichi-Frégi allume une douzaine de bougies et les aligne sur une caisse. Ça n'égaie pas. Ça fait cierges et funèbre. Nos ombres s'agitent fantastiquement sur les murs et la voûte. Une deuxième pièce suit celle-ci. Nous y passons. Elle est vide, sauf, dans un angle, un petit tas de cendres. Je les fouille du soulier. Tout n'a pas brûlé. Quelques fragments de papier brillant, glacé, dur, celui sur lequel on tire les photographies, ont été épargnés par le feu. Il y a une troisième pièce, à partir de laquelle c'est l'inconnu. En s'enfonçant plus avant, on peut aussi bien atteindre, théoriquement, les Catacombes du XIVe arrondissement que les Carrières d'Amérique (XIXe). C'est de cette troisième cave que provient l'odeur nauséabonde qui nous suffoque. Plus exactement d'une sorte de puits sans margelle, d'une oubliette qui s'ouvre à ras du sol et qui doit conduire à d'autres galeries. Paris est bâti sur un fromage de gruyère, mais cette partie-ci de la rive droite est particulièrement riche en souterrains superposés dont l'exploration doit réserver des surprises. Pas loin d'ici, chez Esders, le magasin de la rue de Rivoli, il existe, paraît-il, dans le second sous-sol, une chapelle gothique. Moi, je suis arrivé à un stade où plus rien ne me surprend. C'est ainsi que je considère sans étonnement, au fond du puits, le corps recroquevillé d'un homme qui n'est vraisemblablement pas là parce qu'il a fui à notre approche. Pour répandre cette odeur, plusieurs jours d'entraînement sont nécessaires.

Ils biglent tous avec moi et Dédé jure. On jurerait – si j'ose dire – qu'il veut me ravir mon sceptre.

– C'est... nom de Dieu! c'est ce pourri de Bramo, s'étrangle-t-il.

Pourri est le mot. Je vais au lit de camp et en arrache les draps. Le truand à la pince a compris mon intention. Il m'aide à découper en lanières et à confectionner un câble rudimentaire relativement résistant. Personne, cette fois-ci non plus, ne me dispute l'honneur de descendre le premier, mais Dédé ne tarde pas à me rejoindre. Il se penche sur le cadavre.

– Nom de Dieu! hoquette-t-il, vert de rage et

220

de dégoût, le cœur au bord des lèvres. Comment reconnaître quelque chose, là-dedans? Gaffez-moi cette bouille, Burma.

Sous le coup de l'émotion, il me redit vous.

— Oui, dis-je. Cette bouille en bouillie. Sans compter les rats. Ils ont pique-niqué avec.

— Il n'a pas pu s'esquinter comme ça en tombant.

— On lui a rectifié le portrait, comme s'il en avait un qui ne revienne pas à son adversaire. On s'est acharné, même. Autant qu'on puisse en juger.

— Qu'est-ce que c'est que ça?

En jurant, il balance un coup de pied dans une valise constellée d'étiquettes multicolores et internationales, que le macchabée semble avoir voulu emporter en voyage.

— Une valise vide, dis-je.

Encore un juron, puis il saisit le drap de lit à pleines mains et se hisse, avec effort. Pendant ce temps, je fouille le mort. Ses poches sont aussi vides que sa valise. Dédé est parvenu en haut. J'entreprends de le rejoindre. Je le trouve en train de discuter avec l'Angliche :

— Harold, bon Dieu de bon Dieu! Tu connais Bramo, toi. Descends et dis-nous si ce cadavre est celui de Bramo.

— *No!* se récuse Harold.

Avec un sens précis de l'opportunité funèbre, quelqu'un a transporté jusqu'ici la caisse aux bougies et les flammes jaunes se reflètent diaboliquement dans les binocles du touriste d'outre-Manche.

— *No.* Oh! merde, *no!* Trop vieux pour descendre. Une fois en bas, plus moyen de revenir. *No. No.* Ce macchabée, on peut le remonter, plutôt?

— C'est ça, articule une voix sonore derrière nous. Remontez le cadavre. Moi aussi, je voudrais l'examiner.

Nous nous retournons. Escorté de deux jeunes juifs armés de gourdin, Moyes l'Israélien se dresse dans l'ouverture de la seconde cave. Il braque sur notre groupe un pistolet à lourd calibre.

Ça vaut le coup d'œil, tous ces gars qui se lorgnent en chien de faïence, le pétard au poing, à la lueur vacillante d'une douzaine de bougies disposées sur une caisse. Indépendamment de la contribution du mort, l'atmosphère est épaisse, méphitique, à la bigorne, à la suspicion réciproque et il ne faudrait pas grand-chose pour qu'une tuerie éclate. Moi seul peux mettre les choses au point, s'ils m'en laissent le temps. Je fais un pas vers l'Israélien :

— Salut, colonel Moyes.

— Je ne suis pas colonel. J'ai été capitaine.

— Eh bien, vous avez trouvé le joint, vous aussi, hein, capitaine? Mais nous arrivons tous trop tard. Ces messieurs aussi désiraient rencontrer Josiah Bramovici. Malheureusement, s'il est là, c'est à l'état de cadavre, et si ce cadavre n'est pas le sien, j'ignore où il peut être.

— J'aimerais bien comprendre, aboie Dédé après avoir poussé son centième — au moins — juron de la soirée.

— C'est simple. Le capitaine recherche aussi Bramovici. Il a un compte à régler avec lui. Il en veut à sa peau. Uniquement à sa peau. Ce n'est pas comme vous, hein?

— Z'occupez pas, Burma.

— Bon Dieu! Je vous ai connu plus mariolle, Dédé. Z'occupez pas! Z'occupez pas! Qu'est-ce que ça veut dire? C'est de la connerie, comme dit Chichi-Frégi. Écoutez-moi tous, sacré nom de bonsoir de bon sang de sort! Nous recherchons tous Bramo pour des motifs différents. Nous devons pouvoir nous entendre. Il serait vraiment trop cornichon de nous bagarrer alors que Bramo est mort ou en fuite. C'est pour le coup qu'il rigolerait. Je veux dire : s'il est en fuite. Capitaine Moyes, c'est la peau de Bramo que vous voulez?

— Oui. J'ai juré qu'il mourrait de ma main... enfin, presque.

— La signification de cette restriction m'échappe, mais ça ne fait rien. Presque ou entièrement, vous voulez sa peau. Uniquement sa peau?

— Uniquement.

— C'est-à-dire que si, par hasard, d'autres le recherchent... disons pour lui parler des copains qu'il a roulés et du magot qu'il aurait pu emporter avec lui, en fuyant l'Angleterre... vous laisserez ce magot à ces gens?

— Oui. Le magot, si Bramovici en détient un, ne m'intéresse pas.

Je me tourne vers Dédé :

— Eh bien, voilà qui est clair, n'est-ce pas? Je suppose que vous vous foutez royalement que

Bramo vive ou meure. Vous, ce qui vous intéresse...

— Ça va. Vous avez pigé, quart de flic. Mais nom de Dieu! qui est ce type?

— Le frère d'une fille morte à cause de Bramo. Alors, les gars, c'est bien entendu, n'est-ce pas? Si c'est M. Dédé qui met le premier la main sur votre type, il le déleste du magot et le livre tout nu au capitaine. Si, au contraire, c'est vous, capitaine Moyes, vous avertissez M. Dédé, avant de supprimer Bramo. Vous connaissez, les uns et les autres, mon adresse. Je centraliserai les renseignements... (Je m'embringue, là, dans une drôle de postiche, mais la signature de l'armistice est à ce prix...) D'accord, braves gens? O.K. Vous pouvez aussi me donner vos numéros de téléphone... pour la liaison (Personne ne pipe). Bon. Comme vous voudrez. D'ailleurs, c'est peut-être inutile. Il se peut que je vienne d'user ma salive pour rien. Si le macchabée du puits est Bramo... Il serait temps qu'on s'en assure. Capitaine et vous, Harold, vous seriez capables d'identifier son corps? Il n'a plus de visage, vous savez?

— Il portait un tatouage au bras droit, dit l'Israélien.

— Oui, approuve l'Angliche. Une espèce de caducée.

Là-dessus, je propose — avec succès — que nous rangions nos pétards et que nous sortions le cadavre du puits. C'est le truand à la pince et un des jeunes copains juifs de Moyes qui se dévouent. Ils fabriquent un autre câble avec une couverture, descendent le glisser sous les aisselles du mort, remontent et hissent. D'un coup de couteau, Chichi-Frégi dénude le bras droit du type. La chair, d'une teinte dégueulasse, est vierge de tatouage.

Nous remontons à l'air libre. Nous en avons besoin. Chemin faisant, je demande à Moyes comment il a flairé la piste.

— En vous suivant. Vous avez encore rôdé rue des Rosiers, aujourd'hui. J'ai chargé un de mes jeunes amis de vous emboîter le pas...

Nous débouchons dans la cour. Il me semble que l'ombre est peuplée de silhouettes aux aguets. En effet, quelques-unes se détachent des murs branlants avec lesquels elles font corps. Dédé et compagnie, brusquement sur la défensive, grognent et ressortent leurs flingues aussi sec.

— Ce n'est rien, dit l'Israélien, qui ajoute d'une voix forte : Nous sommes tous amis.

N'empêche que nous nous dirigeons vers la sortie en nous observant de travers. Ils sont bien une dizaine de jeunes gens, à faire l'escorte à Moyes.

— Vous ne manquez pas de gardes du corps, dis-je.

— C'est une petite troupe que je prépare, ricane-t-il. Pour une cérémonie. Mon jeune ami, reprend-il, vous a suivi dans tous vos déplacements. Il a vu ces hommes vous rejoindre. Il vous a vus pénétrer dans cette maison. Alors, j'ai décidé de venir vous surprendre, voir ce que vous faisiez, écouter ce que vous disiez.

– La cachette dont nous sortons avait été utilisée par la famille Aaronovicz. Vous n'en aviez pas entendu parler?

– Vaguement. Mais lorsqu'il m'est venu pour la première fois aux oreilles que des gens mystérieux essayaient de se renseigner sur Aaronovicz, j'ai cru que c'était le pseudonyme sous lequel se dissimulait Bramovici. Quant à la cachette, lorsque j'en ai connaissance... ma foi! comment supposer que Bramovici s'y réfugie? En somme, avouez que c'était une cachette qui n'en était pas une.

– C'est le principe de *la Lettre volée*, d'Edgar Poe.

J'ajoute, pour moi seul : « Et je crois que c'était une cachette d'attente. Il y est resté peut-être plus longtemps qu'il ne prévoyait parce que quelque chose qu'il attendait ne s'est pas produit. »

Le moment de se séparer est venu. Moyes, en me tendant la main, me colloque un morceau de papier et dit : « Si vous tenez une piste, appelez ce numéro. » Un à un, chacun laissant à celui qui le précède le temps de s'éloigner, les participants à cette étrange réunion se glissent dans la rue du Bourg-Tibourg. Nous sommes les derniers à sortir, Dédé et moi.

– Salut, Burma! Nous n'avons rien trouvé, sauf un macchab, mais enfin, vous y avez mis du vôtre, et vous étiez tombé juste, quoiqu'un peu tard. Vous serez plus heureux une autre fois. J'ai confiance. A propos, qui ça peut être, ce macchab?

– Aucune idée, dis-je en mentant.

— Bon. Salut, Burma. Vous fermerez la lourde, ricane-t-il.

— Je viens avec vous.

— Polop. Vous ne croyez pas que je vais vous conduire auprès de votre souris, non?

— Mariolle, hein?... (Dans le noir, je lui saisis le bras.) Quelle andouille vous a fait cette réputation? Écoutez-moi. Ce Moyes est un tueur. Je ne pouvais pas l'ouvrir devant lui. Il veut déquiller non seulement Bramo — ce dont je me fous — mais aussi tous ceux qui lui auront prêté la main. Ça n'entre pas dans mes manières de voir. Bramo n'est plus ici. Mais je sais où m'adresser pour obtenir des tuyaux sur sa nouvelle planque. Peut-être même le trouverons-nous chez les gens à qui, en dépit de l'heure — tant pis, je ne peux plus prendre de gants, le sort d'Hélène est en jeu —, nous allons, de ce pas, rendre visite, mais vers qui je répugne à aiguiller ce capitaine ivre de vengeance. Alors?

— Allons-y, bon Dieu!

La traction est revenue attendre sa cargaison de truands au coin de la rue de la Verrerie. Nous nous y engouffrons :

— Rue des Rosiers, dis-je. En face de la rue des Écouffes. Chez un casquettier appelé Blum.

CHAPITRE XV

Le lendemain, au réveil, la première tête qui
trotte dans la mienne, ce n'est pas celle, réduite
en marmelade, du refroidi de la rue du Bourg-
Tibourg, mais celle du père Blum. Et celle de la
mère Blum, aussi. Ils ne dormaient pas, lorsque
nous nous sommes annoncés, Dédé, l'Angliche et
moi. Je me demande même quand est-ce qu'ils
retrouveront le sommeil. Nous étions parvenus à
leur étage sans anicroche, passant en bas devant
la loge de la pipelette en baragouinant un nom à
la gomme, après avoir sonné pour le cordon. Le
père Blum ne nous a pas ouvert tout de suite,
même après m'avoir entendu dire : « Police »,
avec la voix requise, mais enfin il s'y est décidé. Il
me reconnaît et sursaute. Il gaffe Dédé et Harold,
et sent que ça va mal. Il commence à geindre,
mais n'appelle pas à l'aide. Je demande si Bramovici n'est pas dans les parages. « Non », dit-il.
Et il le jure sur je ne sais quel prophète à
barbouze et les cheveux gras de son épouse,
accourue à ses côtés du fond de la chambre
conjugale. « Que le diable l'emporte », ajoute-t-il

228

avec sincérité. Alors, je l'entreprends. Il a hébergé Bramovici, hein? C'est chez lui que Bramovici a rappliqué, venant de Londres, et qu'est-ce qu'il en a eu en retour? Le malheur s'est abattu sur sa maison. Rachel est morte, tuée par Issass, son propre cousin, lequel lui-même, etc. Maintenant, il n'y a plus à tortiller. Il faut qu'il nous dise tout ce qu'il sait sur Bramovici, parce que, nous, nous avons aussi un compte à régler, avec lui, kif-kif un justicier venu d'Israël. Je lui parle de Moyes sans citer son nom. Je lui dis quel gars fanatique, impitoyable c'est. Le père Blum, s'il ressemble à Lev Davidovitch Trotski par la barbiche et les binocles, ne possède pas le courage, la volonté indomptable de la bête noire du rat de Géorgie. Il s'allonge. Les Blum sont des parents éloignés de Bramo. Ils ne se sont jamais vantés des liens qui les unissent au triste sire, mais ces liens n'en existent pas moins. L'ex-roi de Soho, détrôné, traqué, vient leur demander asile. C'est-à-dire qu'il sait où se cacher, mais il a besoin de leur complicité. Cette complicité, le casquettier la lui accorde. Au début, poussé par le lucre. Plus tard, après l'assassinat de Rachel, par crainte. Le lucre! Ça c'est gaulois, si j'ose dire. Bramo, débarquant d'un cargo qu'il avait pris en fraude et qui se rendait au port d'Austerlitz... (Le cargo, c'était mieux que le bateau ordinaire ou l'avion. Qui serait allé chercher l'ex-roi de Soho, qu'on imaginait ayant fui avec un magot, sur un cargo miteux? De la même façon: qui aurait imaginé qu'un habitué des palaces se terrerait dans une cave?)... arrive chez ses parents de la rue des Rosiers sans un rond. (A ce moment, grimace de Dédé qui se demande s'il n'est pas en train, depuis plusieurs semaines, de se décarcasser pour des haricots. Mais le sourire lui revient, à l'audition de la suite du récit du casquettier.) Il débarque donc sans un rond, because la précipitation du départ, mais s'il vient à Paris, ce n'est pas sans raison. Il y a, quelque part dans la capitale, un autre magot planqué, depuis les temps lointains de l'Occupation, magot qu'il avait été obligé d'abandonner, celui-là aussi, lors d'une précédente fuite précipitée. Un vrai Juif errant, ce Bramo. Ce magot, il ira le récupérer, dès que les choses se seront un peu tassées et le père Blum en aura sa part. (Exclamation et clin d'œil significatif de Dédé. « Qu'est-ce que je vous disais, les gars? Le magot qui l'attirait à Paname. On l'aura! On l'aura! » Pauvre cloche!) Seulement, en attendant... Bramo n'a guère de besoins, dans sa cave, mais enfin, pour assurer sa subsistance, n'est-ce pas?... Et le casquettier y va de son oseille. Le casquettier casque. (Alors, là, il faut que je me retienne pour ne pas éclater de rire. Bon sang! ça m'a l'air clair. C'est une combine renouvelée de la mère Humbert et son héritage mythique. Il n'y a pas plus de magot que rosière en carte. Bramo traqué avait besoin de souffler. Il vient à Paris, parce que c'est la seule ville où il ait encore quelques résidus familiaux. Il n'a pas de fric mais il s'en invente. Et les autres marchent, Issass, lui-même, le dégourdi sans malice, a dû se laisser éblouir.) Voilà ce qu'il nous apprend, le père Blum. Ça éclaire quelques coins obscurs de l'affaire, mais ça ne nous dit pas où trouver Bramo. Un peu plus tard dans la nuit, lorsque nous nous séparons, mes clients de la truanderie et moi, Dédé me dit : « Nous ne sommes pas allés chez Blum pour rien, quoique vous vous soyez gouré en croyant y trouver Bramo. Maintenant, il s'agit de faire vite, Burma. Le magot, bon sang! le magot. » Oui, il s'agit de faire vite. Mais j'aimerais bien qu'on m'indique où est l'accélérateur.

Voilà ce que je me remémore, à mon réveil. Ensuite, mes pensées se dirigent vers le macchabée de la rue du Bourg-Tibourg. Pauvre Ditvrai! Je ne sais pas comment on l'a tué, mais ce n'est certainement pas à coups de masse sur la figure. Non, ces coups ont été portés plus tard, avec rage et violence, acharnement, et pas seulement pour défigurer le cadavre – peut-être même pas du tout pour le défigurer –, simplement, peut-on supposer, parce que ce visage était devenu insupportable à son assassin... parce que l'assassin haïssait ce visage... Une idée, feu follet gambadeur, s'allume dans mon ciboulot. Elle ne résiste pas à la sonnerie du téléphone.

– Allô?

– Ici, Reboul.

– Salut. Quoi de neuf?

– J'ai fini mon boulot. Le timbre a dû être oblitéré à la poste restante de la rue du Louvre. J'ai, par ailleurs, mis la carte d'identité en ordre de marche.

– Alors, marchez. Et s'il y a du courrier pour ce Michel Issass, apportez-le-moi dare-dare.

A peine ai-je raccroché, qu'il faut que je décroche à nouveau. C'est Hélène, qui, par autorisation spéciale de Dédé, me donne de ses nouvelles. Sans être mauvaises, elles pourraient être meilleures et :

— Faites vite, patron! pour l'amour de moi, faites vite!

— Gardez votre confiance en Nestor Burma, chérie.

Je me lève, me baigne, me rase, bois un coup, tourne et vire. Faites vite! Je voudrais bien. Nul plus que moi ne le désire. Seulement... Souhaitons qu'il y ait, poste restante, au...

« Dring, dring, dring... » Le téléphone, encore. L'esprit ailleurs, je saisis le combiné :

— Allô?

— B'jour, m'sieu Burma, dit la voix fraîche de Suzanne Rigaud. Il est revenu.

— B'jour. Qui ça?

— Lui parbleu! Ditvrai.

— Que... quo... quoi?

— Eh là! ne mordez pas! Ce n'est tout de même pas extraordinaire.

— Vous trouvez? Oh! nom de Dieu de nom de Dieu!

— Mais qu'est-ce qu'il y a? Vous êtes malade?

— Oui. A crever. Comme l'autre. Je vous embrasse, Suzanne. Je vous embrasse et j'arrive. Surveillez-le. Vous êtes à poil, en chemise, en soutien-gorge ou en robe de chambre? Dans ce cas, habillez-vous et, s'il sort, suivez-le.

Ditvrai! Qui est sorti de son puits, comme

232

la Vérité, et est rentré chez lui. Oh! funérailles!

Le bureau de l'*Hôtel de l'Ile* est désert, comme de juste et de bien entendu. Mais l'employé ne tarde pas à paraître.

— Bonjour, dis-je. Est-ce que M. Ditvrai est rentré de voyage?

— Oui... Ce n'était vraiment pas la peine de partir si vite pour aller si peu loin et se casser la gueu... la figure, je veux dire.

— Il s'est cassé la fi... la gueule? je demande, avec un rire amer.

— Il a eu un accident de voiture.

— Voyez-vous ça!... (Je rigole toujours en faisant voleter mes mains autour de ma tête...) Enturbanné comme un chef hindou, hein?

— Presque. Sparadrap par-ci, par-là. Mais il a surtout pris un sale coup sur la pomme d'Adam...

— Qu'il a, je crois, fort proéminente.

— Oui. Possible. Enfin, maintenant, il n'arrête pas de se racler la gorge, et il parle comme ça, ajoute le gars, en chuchotant.

— Très embêtant, ça, la gorge... (Je continue à me marrer nerveusement.)... Faut l'humecter souvent.

— Oui, m'sieu, fait le type désapprobateur.

— Il est chez lui, en ce moment?

— Oui. Mais il a prié de ne pas le déranger. On a même accroché l'écriteau ad hoc à sa porte.

— C'est très compréhensible. Je n'avais d'ailleurs pas l'intention... Je monte chez Mlle Rigaud. Si elle est là...

— Elle est là, oui, m'sieu.

Au premier grattement, Suzanne m'ouvre :

— Vous avez vu l'écriteau? demande-t-elle, avec un mouvement de menton en direction de la chambre de Ditvrai. Ne pas déranger.

— J'ai vu... (J'entre chez Suzanne.) Paraît qu'il a eu un accident?

— Oui. Et vous? Qu'est-ce que c'était ces cris que vous poussiez, au téléphone?

— Rien. Il ne faut pas faire attention. Revenons à Ditvrai. Vous l'avez vu?

— Non. Mais j'ai appris qu'il était rentré et tout ce que je sais sur son retour et son accident, c'est au bureau qu'on me l'a dit.

— Bien. Surveillez-le et soyez prête à le suivre s'il sort. A plus tard.

Je me sens un peu ivre. Au lieu de lui serrer la main, à Suzanne, je l'attire à moi et l'embrasse. C'est beaucoup mieux qu'au téléphone. Je reprends ma bagnole et file vers le bistrot — que je vais finir par connaître — de la rue Pernelle. Je m'attable, bien en vue, et, en pestant contre Dédé et ses combines d'espions de sous-préfecture, j'entreprends de poireauter. Deux plombes, ça a l'air d'être le temps qu'il faut pour établir les transmissions. Au bout de deux heures, le téléphone sonne et on demande M. Nestor Burma.

— Écoutez, papa, dis-je. Vous voulez qu'on fasse vinaigre, mais c'est vous qui compliquez les choses avec vos astuces. Je le tiens, le gars, et si, encore un coup, il nous échappe, ce sera votre faute, cette fois.

— Où est-il? rugit Dédé.

— Dans un hôtel, où il dort sous l'identité d'un autre. Il n'a pas un rond, il est fatigué, plus traqué que jamais.

— Quel hôtel?

— Je vous le dirai tout à l'heure. Nous ne sommes pas à cinq minutes près, maintenant. Je voudrais parler à ma secrétaire. Je peux?

— Je vous la passe.

— Allô, dit Hélène un instant plus tard.

— Les photos. Vous vous souvenez? Bramo avait projeté d'usurper la personnalité de Ditvrai, une fois que, pour d'autres raisons précises et que vous connaissez, il a eu tué le journaliste. Chirurgie esthétique. Les photos devaient servir de documents pour attraper la ressemblance, de modèle, en quelque sorte. Il ne devait plus se sentir en sécurité dans le ghetto, avec tous ces gens qu'il sentait rôder autour de lui. S'il avait pu prendre la place d'un reporter, personne ne serait allé le chercher dans l'île Saint-Louis, sous les traits de Ditvrai...

— S'il avait pu... Ça n'a pas marché, alors?

— Pas comme il voulait, non. Il se promène avec des pansements sur le visage... (Je songe : Non, ça n'a pas marché comme il voulait. Alors, de rage impuissante, il a massacré avec fureur le visage de Ditvrai, ce visage mort qui semblait le narguer.) Repassez-moi Dédé... Votre captivité touche à sa fin, Hélène...

— Allô, dit Dédé. Je...

235

– Plus tard. Rencard à l'entrée du pont Marie.

Faites vite... vite... vite... Tu parles! Le Ditvrai approximatif a été plus rapide que nous. Lorsque nous faisons notre jonction quai d'Anjou, la bande à Dédé et moi, il a quitté l'hôtel. Ce qui me console, c'est que Suzanne s'est élancée dans son sillage et qu'il n'est pas dit qu'il ne revienne pas à sa chambre. Piètre consolation. Suzanne est bientôt de retour, la queue de cheval basse. Le gars l'a semée.

Dédé, Chichi-Frégi, et même Harold, que Suzanne contemple comme des bêtes curieuses, jurent à qui mieux mieux.

– Ça va, dis-je. Nous sommes de nouveau le bec dans l'eau. Mais, bon Dieu! je vous l'ai dit. Cette fois c'est votre faute. J'ai encore un atout, une chance, un espoir. Si nous voulons faire du bon boulot, il faut que je puisse vous joindre rapidement.

– Ordener 33-34, dit Dédé, en remontant en bagnole, suivi de ses acolytes.

Et il trisse. Suzanne me regarde :

– On dirait des truands.

– C'en est.

– Des vrais?

– Des vrais de vrai.

– Ça me change du type que j'ai suivi, vous savez, parce que... je vais peut-être vous faire une surprise...

– Non, vous ne me ferez pas une surprise. Le Ditvrai que vous avez suivi est un faux.

– Voilà, dit Reboul.

Il dépose sur le sous-main l'enveloppe au nom de Michel Issass qu'il vient de faire retirer à la poste restante de la rue du Louvre. Les timbres d'affranchissement sont français, mais la teneur de la lettre est en anglais. *My dear Josiah...* Avec, à la fin, *together always*, ce qui doit vouloir signifier : « nous deux toujours » ou une connerie mensongère équivalente, c'est tout ce que je comprends. Je comprends aussi la signature : *Sheila. My dear Josiah...* Oui. C'était Issass, la boîte aux lettres. Lui, qui recevait le courrier destiné à Bramo... J'attrape le téléphone et compose Ordener 33-34.

– Ouais, traînaille une voix féminine, savateuse.

Je me sens brusquement d'humeur folichonne. *My dear* et *together always*, c'est un peu comme si c'était à moi que ça s'adresse. Je fonde d'ailleurs beaucoup d'espoir sur cette bafouille.

– Salut, ma jolie, je fais en prenant la voix de Macheprot, le gars des canulars téléphoniques. J'ai deux thunes à mettre dans le commerce. Prépare ta chambre nuptiale. Enfile ta guêpière zinzolin et enlève ton dentier.

Avant de raccrocher (hum...), la bonne femme m'injurie copieusement. Cinq minutes plus tard, je rappelle.

– Ouais, fait la même voix, un peu sur ses gardes, ce coup-ci.

– Dédé, dis-je, sec comme un coup de trique. Ici, Nestor Burma.

– Voilà.

– Allô, dit Dédé. Alors, vous prenez le mors aux dents? Vous n'avez pas été long à vous servir du numéro, hein?

– J'ai un boulot de traduction pour Harold. Vous devriez venir avec lui à mon burlingue. Une lettre en anglais, adressée à Josiah par Sheila.

Une demi-heure plus tard, Harold ajuste ses lunettes et se plonge dans la lecture.

– Très intéressant, dit-il ensuite. Vous voulez une traduction mot à mot?

– Résumez. Mais, moi, je suis régulier avec vous. Soyez-le avec moi. J'aurais pu donner ça à traduire à n'importe qui. J'ai fait appel à vous pour que ça ne sorte pas de notre cercle. Ne me cachez rien de son contenu.

Il nous lit la lettre en entier. Elle est très intéressante, en effet. En gros, voici le topo : cette Sheila, laissée par Bramo sur le sol anglais, devait le rejoindre à Paris, venant par la mer et fleuve, sur un cargo, le même que celui qui, lors d'un précédent voyage, avait amené Josiah. Peut-être la même complicité, pour l'embarquement et le débarquement clandestins, jouait-elle. Sheila aurait dû être là depuis longtemps, mais la crue de la Seine l'avait retardée. Alors, voyant passer les jours, s'impatientant, elle écrivait à Josiah qu'elle prenait le train, *après avoir récupéré*, et qu'elle descendrait à l'*Hôtel Beaumarchais*, place de la Bastille. Elle y serait le...

– Ce soir, fait l'Angliche s'interrompant dans sa lecture.

– Bon Dieu! dit Dédé. Après avoir récupéré...

C'est du fric ou quoi? Vous, Burma, qui avez des mots croisés dans le crâne, qu'est-ce que vous concluez?

– Que la traversée l'a fatiguée... Un cargo n'est pas confortable surtout si elle voyageait clandestinement... Qu'elle s'est reposée quelques jours dans un hôtel... Qu'elle a récupéré, quoi, et qu'elle le rejoint par le train... (Je me tourne vers Harold.) Bramo était marié?

– *No.*

– Maîtresse?

– Deux.

– Dont cette Sheila?

– Connais pas cette Sheila.

– Hum... Vous m'avez demandé ce que je concluais, Dédé? Eh bien, je conclus ceci : Bramo est parti de Londres sans un rond, parce qu'il lui a fallu fuir précipitamment. Il vient à Paris pour souffler. Paris est le seul endroit où il puisse souffler. Voyez famille et aussi... le magot qu'il a planqué sous l'Occupation. Ce magot, il attend que Sheila soit là pour aller le déplanquer et refaire sa vie avec cette femme, sous des cieux plus cléments.

Voilà ce que je dis à Dédé. Mais voici ce que je pense réellement : « Bramo est parti de Londres sans un rond. Soit. Mais je serais bien étonné si, du temps où il était le roi de Soho, il n'avait pas adroitement camouflé, dans des banques différentes et sous divers noms, quelques millions, soit en espèces, soit en bijoux, etc. Il vient à Paris pour souffler. Voyez famille. Et le magot soi-disant planqué sous l'Occupation et qu'il fait miroiter aux yeux de Blum, c'est du bidon, mais un magot qui n'est pas du bidon, c'est celui qu'il attend et que cette Sheila, qu'il tenait en réserve, ignorée de tous, au courant vraisemblablement des planques secrètes de Bramo, va lui apporter. Lorsqu'il est obligé de fuir, elle reste là-bas pour liquider, s'emparer du contenu de ces planques. Une fois son boulot fait, elle le rejoindra à Paris. Elle devrait être là depuis longtemps, mais la crue de la Seine a bouleversé leurs plans. Et entre-temps, il s'est passé des choses... »

Voilà ce que je pense réellement, mais que je tais à Dédé. Sans cela, il foncerait à l'*Hôtel Beaumarchais*, sauterait sur la bonne femme et lui faucherait le trésor. Pas de ça. Dédé m'a payé pour que je retrouve Aaronovicz. Je l'ai fait, plus ou moins. Il a kidnappé Hélène pour m'obliger à débusquer Bramo. Je veux bien débusquer Bramo et le lui livrer, pour sauver Hélène, mais le magot du juif, c'est autre chose. C'est pour le coup que les flics m'emmerderaient, si je lui apportais le trésor sur un plateau d'argent. Pas de ça. D'autant plus que déjà avec cette affaire, j'aurai bien du mal à m'expliquer avec Faroux...

— Alors, dit Dédé, cette Sheila devrait nous conduire à Bramo?

— Oui.

— Mais... ce n'est pas possible. A moins que... Cette lettre..., vous l'avez trouvée où... Est-ce que Bramo l'a lue?

— Il n'en a pas eu connaissance.

— Alors, comment voulez-vous qu'il se rende à l'*Hôtel Beaumarchais*?

240

– Écoutez-moi. Dès que Bramo est entré dans sa cachette de la rue du Bourg-Tibourg, il a écrit à Sheila. Les réponses devaient être adressées à un nommé Issass, parent éloigné et admirateur de Bramo, poste restante. Cet Issass avait bien un domicile, mais dans un immeuble où, peut-être, les boîtes aux lettres ne sont pas inviolables. Donc, poste restante, ce sera mieux. Il reçoit là des lettres envoyées d'Angleterre, puis de France. Cet Issass fait du zèle. Il doit rêver d'obtenir la place de lieutenant de Bramovici. Celui-ci a peut-être promis le grade. Issass entre en rapport avec moi, entre autres excentricités, pour me tirer les vers du nez parce que je m'intéresse à Aaronovicz. Il n'a réussi qu'à se convaincre que je suis dangereux. Il me voit déjà en train de discuter le bout de gras avec Aaronovicz et il entend déjà Aaronovicz m'indiquer l'emplacement de la cachette qu'occupe Josiah. Il court buter Aaronovicz. Grosse bêtise, parce que, je le répète, tant que Aaronovicz vivait, on ne voulait pas parler de son histoire de famille, mais, une fois mort, les langues se délieraient. Cela, Bramo le comprend. Furibard – il est déjà très nerveux – il tue Issass. Très nerveux, disais-je. Je m'explique. Je pose en principe qu'il ne devait séjourner à Paris, donc dans sa cave, que fort peu de temps. Juste celui, disons, d'attendre Sheila, sans laquelle, peut-être, il ne peut pas aller récupérer son magot. (Petit clin d'œil intérieur pour mézigue.) Mais Sheila n'arrive pas, because la crue, et Bramo sent un filet se resserrer autour de lui. Filet constitué par vous et le capitaine Moyes. En outre, Rachel, une jeune parente, donne des signes de fléchissement. Issass tue Rachel. Un journaliste possède un dossier assez étoffé. On attire le journaliste dans la cave et hop!... Vous l'avez vu dans le puits. Ses tentatives de chirurgie esthétique ne réussissent pas. Là-dessus, pendaison d'Aaronovicz par Issass. Nerveux, très nerveux, M. Bramo. Il ne contrôle plus ses nerfs. Il tue Issass, ajoutant ainsi une ultime connerie à une liste déjà longue. Car, qui est-ce qui va aller retirer le courrier poste restante maintenant? Issass, avec sa balle dans le front et le drap de lit des fantômes? Remarquez que, muni de la carte d'identité du personnage... Je ne me suis pas procuré cette lettre autrement. Mais, précisément, puisque c'est moi qui possède cette pièce d'état civil, ce n'est pas lui. Bramo a dû réaliser cela très vite. Il a dû écrire à Sheila, stoppée le long de la Seine, Sheila, qui avait déjà écrit cette lettre poste restante, a dû lui en adresser une autre de même farine à une nouvelle adresse qu'il lui a indiquée. C'est pourquoi je dis, sans crainte de me tromper beaucoup, que Bramo sera exact au rendez-vous que lui donne Sheila à l'*Hôtel Beaumarchais*.

— Alors, qu'est-ce qu'on fait?

— Il faut d'abord savoir à quoi ressemble Sheila.

— Attendez, dit Dédé. (Il saisit le téléphone, compose un numéro.) Allô? Chichi-Frégi? Écoute voir... *Hôtel Beaumarchais*, à la Bastoche... Connais personne?... Oui... Sheila... Le nom, la gueule, tout, quoi! Ouais. Tchaou... (Il raccroche, me tend la main.) Salut. Dès que j'ai les tuyaux, je vous les refile. Vous ne tarderez pas à revoir votre secrétaire, papa.

Il se débine, suivi de l'Angliche, plus touriste que jamais.

Quelques heures plus tard, à dix-huit heures quinze exactement, Hélène apparaît devant moi :

— Il est beau joueur, dit-elle. Il n'a pas attendu que tout soit liquidé pour me relâcher. Il estime que vous êtes régulier.

— Ça n'a pas été trop dur? Vos gardiens?

— Je commençais à m'y faire. Mes gardiens étaient des gardiennes... des... comment pourrais-je dire?

— Ribaudes. En l'honneur des vieilles pierres historiques du IVᵉ arrondissement.

— Ribaudes. C'est ça. Très gentilles, d'ailleurs.

— Elles le sont toutes en dépit de ce qu'un tas d'imbéciles pensent. Et à part ça?

— Voici un message.

Elle me tend un papier sur lequel je lis : *Sheila Anderson. Grande. Talons plats. Blonde. Manteau rouge. Chambre 58. Téléphonez-moi.* J'appelle Ordener 33-34. J'ai Dédé en direct.

— Merci pour Hélène. Sheila Anderson, etc. Tuyaux sûrs?

— Très sûrs. Il n'y a pas que dans les hôtels de passes que nous connaissons du monde.

— Bon, je suis à la Bastoche dans une petite demi-heure. Je prendrai la faction. Rôdez non loin, mais sans vous faire remarquer.

Je raccroche, et reste un long moment pensif. Si je tiens l'Israélien en dehors du circuit, il va piquer un coup de sang. C'est un coriace. Il y consacrera le temps qu'il faudra, mais il finira par découvrir que les Blum... Alors, même les employés risquent d'écoper... Ida, l'autre môme, le vieux... Merde! après tout, il lui a tué sa frangine... il a tué Ditvrai... et il a tué Issass... Et c'est à cause de lui que sont morts Rachel, Samuel Aaronovicz... et combien d'autres que je ne connais pas. Ça ne fait rien, c'est quand même dégueulasse, et c'est un peu honteux que je compose sur le cadran le numéro de téléphone qu'il m'a glissé dans la main, au sortir de la sinistre cave de la maison aveugle.

CHAPITRE XVI

Elle sort de l'hôtel à vingt-trois heures, porteuse d'une petite valise. Je repère de loin son
manteau rouge. Il était temps. Je commençais
à me geler les arpions. On est en février, il ne
faut pas l'oublier, le plus sale mochard mois de
l'année. J'emboîte le pas à Sheila Anderson. En
passant près de Chichi-Frégi qui fait mine de
lire un canard à la devanture d'un kiosque, je
lui fais signe. Il cligne de l'œil et roule comme
une boule jusqu'à la bagnole où l'attendent
Dédé et l'Angliche. L'autre Angliche – au
féminin – marche sans hâte. Elle traverse sage-
ment, aux clous, la rue de la Bastille, celle de
Saint-Antoine, le boulevard Henri-IV. Elle connaît Paris ou on lui a fait la leçon. Je sais
qu'elle a reçu, il y a à peine une heure, un
coup de téléphone fixant certainement le
se rend. Elle prend le
le bassin de l'Arse-
lentement,

une voiture quelconque, Dédé me ramasse et nous lui filons le train sans perdre de temps. L'un derrière l'autre, Sheila Anderson et moi suivons les parapets. En bas, l'eau du canal semble épaisse et visqueuse. Le reflet des feux de signalisation de la passerelle de l'Arsenal flotte à la surface, paraît ne pas la pénétrer d'un millimètre. Les chalands au repos ressemblent à des monstres assoupis. Arrivée au pont Morland, l'Anglaise s'immobilise, s'oriente, s'engage sur le pont. Dans un roulement de tonnerre, le métro, surgissant de terre, tout illuminé, prend, sur la passerelle au-dessus de la dernière écluse ouvrant sur la Seine, la courbe de La Râpée. Parvenue à l'extrémitié du pont, notre cliente tourne à droite, suit le mur d'un bâtiment, une petite grille, et descend l'escalier qui conduit à l'écluse. Je suis au sommet de l'escalier lorsqu'elle arrive en bas et passe sous la lueur verdâtre du bec de gaz ancien style qui se dresse là. Je la vois ensuite se diriger à nouveau vers le pont Morland, mais pour passer en dessous, cette fois. Sans bruit, je dégringole rapidement des marches. J'esquive la lumière du bec de gaz et m'enfonce dans l'ombre de la passerelle du métro. Sheila Anderson débouche sur le bassin de l'Arsenal proprement bre à Râpée traverse sur les p de l'écluse. Elle tain cha à ma vue. Je revien les po haut du boulevard Bourdon, les candélabres projettent jusqu'ici, permet tout juste de distinguer dans l'ombre des ombres plus épaisses. Immobile, sa petite valise à la main, Sheila semble attendre. J'entends un grincement de gonds rouillés, puis un murmure de voix lorsque les ombres s'étreignent. Bramovici — ce ne peut être que lui — est sorti de son nouveau refuge, un couloir défendu par une grille qui s'enfonce sous le boulevard et que, à la belle saison, hantent les clochards. Car la peur, qui l'a poussé à vouloir changer de tête, lorsque, avec son instinct de bête fauve, il a senti se resserrer autour de lui le cercle menaçant de ses ennemis, cette peur a fait de l'ex-roi de Soho pire qu'une cloche, maintenant. Et s'il a donné, par téléphone, rendez-vous à Sheila dans cet endroit désert, c'est qu'il n'ose plus se montrer dans la rue. Ses pansements attirent trop l'attention et peut-être a-t-il compris aussi que l'expérience de l'*Hôtel de l'Ile* n'est pas à renouveler sans danger. Mais, à présent, Sheila est là, porteuse de la petite valise...

Une lueur brève, comme un éclair de torche ou de briquet. Un cri de femme. Il ne doit pas être beau à voir, Josiah Bramovici! Le pétard au poing, je m'approche du couple. Mais il a encore des réflexes, le gars. Il m'é... écarte la femme en rouge et recule, l... sa main gauche, un revo...

...ite.

qui conduit du boulevard Bourdon à la berge, ils se sont glissés comme des serpents le long de la maçonnerie. Dédé, Chichi-Frégi, l'Angliche. Silencieusement, ils sautent sur Bramovici. Ils roulent tous à terre dans une mêlée confuse, sur les pavés humides, s'approchant dangereusement de l'eau qui affleure. Un coup de feu retentit, suivi d'un cri de douleur. Du tas, un type émerge. Il tient quelque chose à la main qu'il balance dans ma direction. La valise de Sheila Anderson. Je m'élance pour la bloquer, et je pourrais la bloquer, mais je fais comme si j'étais pris de court, comme si elle m'échappait, et je l'envoie à la flotte, feignant de manquer valser avec elle. Elle s'engloutit dans le jus épais avec un floc sinistre.

Dédé est sur moi, jurant, sacrant, écumant. Un second coup de feu. Alors, le truand volte et tout le monde galope et il me semble que les silhouettes sont plus nombreuses. Mais je ne prends pas le temps de les compter. D'ici que les flics rappliquent, il n'y a pas des kilomètres. Je gagne en vitesse le pittoresque petit escalier que j'ai descendu tout à l'heure. Si personne ne m'empêche de parvenir jusqu'au haut des marches... Personne. La voie est libre. Je suis l'om-
u mur et j'atteins la station de métro La
, à laquelle j'ai toujours trouvé un cer-
rme vieillot. Mais, pour le moment... Je
éessaire. Je prends un ticket,
ai, pestant intérieureme

mouvement du train, je songe : je sais où est tombé la valise..., à combien de centimètres, à un centimètre près, de la porte de l'écluse... Oui, je reviendrai, avec les hommes-grenouilles de la Préfecture de Police, les tritons de la Brigade fluviale. Je songe, aussi, à ces silhouettes en surnombre, sur le quai du bassin de l'Arsenal, peu avant que je ne me débine. Le capitaine Moyes était dans le tas, j'en jurerais.

À la Bastille, je remonte à la surface. J'entre dans un bistrot où je reste peut-être une heure, puis, je m'achemine vers l'endroit où j'ai garé ma bagnole, ce soir, à dix-neuf heures, lorsque j'ai pris ma faction. Je m'installe au volant et démarre. Je prends le boulevard Bourdon, désireux de constater s'il y a ou non du remue-ménage dans les environs du pont Morland. Il n'y en a pas. Allons, va te coucher, Nestor, c'est fini. J'enfile les quais. Paysages paisibles, familiers, qui... Un car de police me double, fonçant à tombeau ouvert ou peu s'en faut, dans une klaxonnade maison. Puis, dans la distance, un autre... ou le même. En abordant le quai de l'Hôtel-de-Ville, après avoir dépassé la maison, que je ne vois pas, mais que je sais être là, derrière, où est mort Issass, mon attention est attirée par un brouhaha en provenance de la rue Geoffroy-l'Asnier. Je stoppe et je vois les flics descendre des cars et entreprendre de disperser, à coups de bâtons blancs et de pèlerines, une sorte d'attroupement, une manifestation. Puis, un type traverse le quai, devant moi, et va s'accoter au parapet. Un type nu-tête, les mains dans les poches, très droit, d'allure militaire. Je mets pied à terre, longe le square de l'Hôtel-de-Ville, tourne dans la rue Geoffroy-l'Asnier. Un flic me barre le chemin :

– N'allez pas là-bas, dit-il.

– Qu'est-ce qui se passe?

– N'allez pas là-bas.

Des flics refluent, entraînant quelques jeunes gens en direction des cars. Je profite d'un moment d'inattention du mien, pour me faufiler. Une des voitures de police a braqué son phare sur la grille du Mémorial juif, éclairant un groupe d'hommes, en uniforme bleu, massés contre. De l'autre côté de la grille, on distingue nettement, tracés en relief sur la sorte de bobine verte qui permet l'aération de la crypte, les noms des camps de la mort : Auschwitz, Buchenwald, Bergen-Belsen, Mauthausen... La lumière, par réverbération, monte jusqu'au sommet du fronton frappé du sceau de Salomon et creuse les caractères de l'inscription monumentale : « Au martyr juif inconnu... »... Les flics, maintenant, se détachent de la grille, démasquant un homme étendu à terre. Un homme vêtu d'un pardessus fripé, d'un costume fripé, dont le visage n'a plus rien d'humain. Autour de ce cadavre, des pavés, des pierres énormes...

Je reviens sur mes pas. Je me dirige vers la silhouette altière toujours accotée au parapet du quai. Je m'arrête devant elle. Je dis :

– De votre propre main... ou presque. Ouais. Une petite troupe que je prépare en vue d'une cérémonie. Une petite lapidation, dans le droit fil des mœurs, coutumes et traditions. On m'avait dit que certains juifs étaient nerveux, ces temps-ci. Oui, je vois... Bonne nuit, Moyes.

Je remonte dans ma bagnole et j'attends. Je le vois secouer son immobilité de statue, avancer vers les flics, leur parler...

Je démarre et m'enfonce dans la nuit.

Paris, 1957.

BIBLIOGRAPHIE

DU RÉBECCA RUE DES ROSIERS (*IVᵉ arrondissement*)
a) Robert Laffont, avril 1958. *Les Nouveaux Mystères de Paris*, nᵒ 14.
b) [Librairie Générale Française], avril 1977, « Le Livre de Poche », nᵒ 4914.
c) Éditions Fleuve Noir, mars 1984.
d) *Les Enquêtes de Nestor Burma*, tome II. Robert Laffont, février 1986. Collection « Bouquins ».
e) Traduction allemande : *Spurs in Ghetto*. Elster Verlag. Baden-Baden, 1986.

Francis LACASSIN

L'IMPRESSION ET LE BROCHAGE DE CE LIVRE
ONT ÉTÉ EFFECTUÉS PAR LA SOCIÉTÉ NOUVELLE FIRMIN-DIDOT
MESNIL-SUR-L'ESTRÉE
POUR LE COMPTE DES ÉDITIONS U.G.E.
LE 11 JUIN 1987

Imprimé en France
Dépôt légal : mai 1987
N° d'édition : 1754 – N° d'impression : 6484